이것이 삶이다

이것이 법이다 44

2018년 9월 11일 초판 1쇄 인쇄
2018년 9월 14일 초판 1쇄 발행

지은이 자카예프
발행인 이종주

기획 팀 이기헌 왕소현 박경무 이승제
책임 편집 최전경

발행처 (주)로크미디어
출판등록 2003년 3월 24일
주소 서울시 마포구 성암로 330 DMC첨단산업센터 3층 318호, 319호
Tel (02)3273-5135 **Fax** (02)3273-5134
홈페이지 rokmedia.com **E-mail** rokmedia@empas.com

값 8,000원

ISBN 979-11-294-0827-3 (44권)
ISBN 979-11-255-9575-5 04810 (세트)

작가와의 협의에 의해 인지는 생략합니다.
잘못된 책은 구입처에서 바꾸어 드립니다.

이것이 법이다

44

자카예프 장편소설

ROK MEDIA
로크미디어

이 소설은 픽션입니다.
등장하는 인물 및 지명 등은 현실와 연관이 없습니다.
또한 소설 내에 나오는 법이나 법리 해석의 경우에도 대중문학의 극적 전개를 위하여 일부분 과장되거나 변형된 것이 존재하니 실제 법과 혼동하지 않으시길 바랍니다.

CONTENTS

엘프 맑음? 눈물이 맑겠지

“망명요?”

마이 소라의 말에 노형진은 어리둥절해졌다.

망명이라는 말을 몰라서 그런 게 아니다. 그녀가 망명할 이유가 없기 때문이다.

“설마 지금 터진 사건 때문입니까?”

일본에서 터진 핵 발전소 폭발 사건.

그로 인해 지금 일본뿐만 아니라 전 세계가 발칵 뒤집혔다. 그러니 공포를 느껴서 그러는 걸까?

‘아니야. 그 때문이 아닌 것 같은데?’

사고가 터진 지 얼마 되지 않았다. 더군다나 마이 소라가 그걸 안 지는 채 한 시간도 되지 않았다.

아무리 그게 무섭다고 해도 그걸로 망명을 신청할 리 없다.

설사 신청한다고 해도 그런 이유로 망명이 성립될 리도 없고 말이다.

'그럼 다른 이유라는 건데…….'

아마도 지금 일어난 상황이 무슨 상황인지 이해도 못 했을 것이다. 그런 상황에서 망명이라는 선택을 할 리는 없다.

그렇다면 남은 것은 단 하나.

'이번 사건은 결심을 굳혀 버리는 역할을 한 것뿐이라는 거군.'

노형진은 그녀가 장난삼아 말하는 게 아니라는 것을 알았다. 그리고 굳은 얼굴이 되었다.

"자세한 이야기를 해 주시면 감사하겠군요."

"전 일본을 떠나고 싶어요. 왜냐면……."

말을 하려던 그녀는 힐끗 문 바깥을 바라보았다. 그와 동시에 문이 열리면서 매니저가 들어왔다.

"소라, 어쩌지?"

걱정스럽게 말하는 매니저.

소라는 그녀의 말에 조심스럽게 입을 열었다.

"일단은 여기 일에 집중해야지요. 우리가 가서 할 수 있는 게 없잖아요?"

"그건 그런데……."

"일단은 회사에 연락해 봐요. 우리가 결정할 수 있는 게 아니니.”

“아, 맞다! 회사!”

매니저가 다급하게 전화기를 들고 바깥으로 나가자 마이 소라는 노형진에게 몸을 기울였다.

“백제 호텔 1406호예요. 1시 넘어서 오세요. 불타는 밤 기대할게요.”

한쪽 눈을 찡긋하면서 윙크를 날리는 마이 소라를 보면서 노형진은 약간 당황했지만 일단은 고개를 끄덕거릴 수밖에 없었다.

똑똑.

기다렸다는 듯 슬쩍 열리는 문.

마이 소라는 노형진임을 확인하고는 다시 문을 닫고 걸쇠를 풀고 열어 줬다.

“어서 들어오세요.”

“그러지요.”

노형진의 손에는 꽃과 샴페인이 들려 있었다.

그걸 본 마이 소라는 고개를 갸웃했다.

“그걸 왜?”

“이래야 걸려도 안전하지요. 안 그런가요?”

마이 소라는 씨익 하고 웃었다.

“다행히 걸릴 것 같지는 않아요. 술 먹고 기절했거든요.”

“그래요? 매니저가 문제인가 보죠?”

“매니저뿐만 아니라 다 문제죠. 들어오세요. 다행히 전 방을 따로 쓰니까.”

그래도 나름 잘나가서 그런지 그녀에게는 방이 따로 지급되었고, 노형진은 얼른 그곳으로 들어갔다.

“안 깰까요?”

“안 깰 거예요. 일본에서 사고 터진 덕분에 그쪽 방송만 보다가 술 먹고 뻗었거든요.”

“덕분에라…….”

저 말은 많은 의미를 가지고 있다.

일반적으로 애국심을 가지고 있는 사람이라면 ‘터지는 바람에’라고 할 것이다.

그런데 ‘덕분에’라는 것은, 일본에 대해 좋지 않은 감정을 가지고 있다는 뜻이다.

“일단 분위기 좀 잡아 볼까요? 걸리면 곤란하니까.”

노형진은 가지고 온 봉투에서 꽃을 꺼내서 놓고 샴페인을 따서 미리 준비한 컵에 두고 마주 앉았다. 그리고 양옆에 기다란 초를 놓고 분위기를 잡았다.

“누가 봐도 의심하지 않겠죠?”

“호호호.”

마이 소라는 그걸 보고 소리 내어 웃었다.

"여자 여럿 울리겠네요."

"그럴 생각이 없어서요."

피식 웃은 노형진은 건너편에 앉아서 자세를 바로 했다.

"그래서, 이야기를 좀 해 보세요. 갑자기 망명이라니?"

"사실은 한국 진출도 그것과 관련이 있어요."

"한국 진출이요?"

"네."

"그게 망명과 무슨 관련이 있다는 거죠?"

"저도 이제 수명이 다했으니까요."

"수명이라뇨?"

그녀는 아직 인기가 있는 사람이다.

전보다 나이가 좀 들었다고 하지만 여전히 몸매가 좋고 아름다운 모습을 간직하고 있다. 그런데 수명이라니, 무슨 병이라도 걸린 걸까?

"아, 단어를 잘못 선택했네요. 수명이 아니라…… 용도? 아니면…… 뭐라고 하더라? 사람들이 더 이상 찾지 않는다고 할까요?"

"아, 한국에서는 그냥 인기가 떨어진다고 합니다."

"아…… 그렇군요."

그녀는 그렇게 말하고는 이야기를 시작했다.

"어찌 되었건 저도 영화배우예요. 한국에서야 핑크 무비로 유명하지만."

그녀는 정극도 찍었고 또 여러 편의 영화에도 출연했다.

물론 한국에 영화 자체가 수입되지 않아서 한국 사람들은 그녀가 영화를 찍었다는 것을 잘 모르지만.

"그런데요?"

"그런데 인기가 떨어졌죠. 그래서 회사에서 압박을 받고 있어요."

"압박이라 하시면."

"성인물을 찍으라고요."

"네? 성인물요?"

노형진은 고개를 갸웃했다.

이미 그녀는 성인물을 찍고 있는 사람이다. 그런데 성인물을 찍으라니?

"한국에서는 뭐라고 하는지 모르겠는데……."

노형진은 바로 알아들었다.

"설마…… 성인용 AV 말하는 겁니까?"

"네."

성인용 AV. 모자이크가 들어가 있지 않은 성인물을 뜻하며, 직접적 성교를 그대로 드러내는 영상이다.

당연히 현행법상 한국에서 불법이다. 물론 실제로는 제대로 차단하지 못하고 있지만.

"그걸 하라고요?"

"네."
"아니, 왜요?"
"제 가치가 떨어졌으니까요."
그녀는 우울하게 말했다.
"저도 조금 있으면 서른 살이에요. 이제 가치가 떨어질 나이죠."
"에? 그것밖에 안 되셨나요?"
노형진은 터무니없이 놀란 표정이 되었다.
놀리는 거냐는 표정으로 흘겨보는 마이 소라.
그러나 노형진은 놀리려고 물어본 게 아니었다.
"진짜로 놀라는 겁니다. 지금 몇 살인데요?"
"스물여덟 살입니다."
노형진은 깜짝 놀랐다. 한국으로 치면 한창 활동할 나이이기 때문이다.
그런데 가치가 떨어질 나이라니?
"일본과 한국은 다르니까요."
"다르다고요?"
"네. 한국은 이런 성인 무비 시장이 작아요. 유교적인 부분도 강하고요."
"그건 그렇지요."
"하지만 일본은 안 그래요."
일본을 대표하는 별명 성진국.

인구 대비 성인물의 양은 전 세계 1위라고 보면 될 정도로 성인물을 많이 만들어 내는 나라다.

"완전 성인물이라……."

성인물도 등급이 있다.

우선 일본에서 속칭 '핑크 무비'라고 하는 영화들.

한국으로 치면 일반적으로 대여점에서 빌려 보거나 한국에서 제작되는 성인물이다.

삽입은 인정되지 않으며, 성기도 드러나지 않는다.

그다음에 수위가 있는 것이 바로 모자이크.

성인물을 찍은 후 성기 부위를 모자이크로 가리는 것이다.

눈 가리고 아웅이라 모자이크라고 해도 상당히 약하게 하는 경우가 대부분이지만 말이다.

그리고 그다음이 바로 속칭 노모, 즉 노 모자이크로, 일본에서도 가장 큰 시장을 이루고 있다.

그리고 마이 소라는 핑크 무비에 출연하는 배우다, 일단은.

"그런데 노 모자이크를 요구한다는 거군요."

"네. 제 가치가 떨어지고 있으니까요."

"그게 정상입니까?"

"제 생각에는 정상은 아니죠. 하지만 현실이죠."

"현실이라……."

소문으로는 들어 본 적이 있다.

인기가 떨어진 연예인은 더 이상 팔리지 않는다. 그러나 팔 수 있는 방법은 하나가 있다.

"야쿠자군요."

"일본에서 야쿠자와 연예계는 떼려야 뗄 수 없는 사이니까요."

대부분의 연예 기획사들은 야쿠자와 선이 닿아 있다. 그래서 그들은 돈을 위해서는 무슨 짓이든 한다.

"일본 내에서 그들을 피할 수는 없어요."

"음."

"그래서 전 한국으로 피하고 싶어요."

"힘든 일이네요."

아마도 그런 생각을 오래전부터 했을 것이다.

그래서 한국어를 배웠을 것이다, 한국으로 진출해서 돈을 벌다가 탈출하기 위해서.

그러다가 일본에서 핵 발전소가 터지자 아예 계획을 바꾼 것이다.

"피할 수가 없나요?"

"네."

'하긴…….'

노형진은 회귀 전 가십으로 들었던 이야기가 생각이 났다.

일본의 어떤 연예인이 양심선언을 했다. 자신의 소속사에서 여자 연예인을 이용하여 베개 영업, 즉 성 접대를 했다고 말이다.

그리고 1년 후 그녀는 성인물, 그것도 노 모자이크에 출연했다.

상식적으로 성 접대를 까발릴 정도로 부정적인 사람이 갑자기 성인물에 출연할 이유가 없다.

사람들은 그 뒤에 야쿠자가 있다고 의심했지만 누구도 조사하지 못했다. 그랬다가는 남은 것은 죽음뿐이니까.

"전 노모에 출연하느니 차라리 죽을 거예요."

독한 마음을 먹은 듯 눈이 활활 빛나는 마이 소라.

하긴 그녀는 독실한 천주교 신자다.

사실 돈은 노모 쪽이 더 되지만 그녀가 핑크 무비에만 출연하는 것은 그런 종교적 이유 때문이기도 하다. 핑크 무비는 삽입이 이루어지지 않으니까.

'뭐, 그것도 한국인의 입장에서는 괴상한 일이지만…….'

어찌 되었건 그녀는 그곳을 탈출하고 싶어 하고, 그걸 위해 여기까지 왔다.

"나뿐만이 아니에요. 많은 사람들이 벗어나고 싶어 해요."

"많은 사람들이요?"

"네. 일종의 강제적 흐름 같은 거니까요."

인기가 떨어지면 일단은 모자이크가 되는 성인물로, 그 후에는 모자이크가 없는 성인물로 그렇게 팔려 가는 것이 일본 여성 연예인들의 현실이다.

사실 얼마 전만 해도 인기를 구가하던 여자 연예인이 그런 걸 갑자기 찍는다는 건 이해되지 않는 일이다.

"제 친구는……."

그녀는 한숨을 쉬면서 심장을 진정시켰다. 그리고 천천히 입을 열었다.

"소속사에서 성인물 요구를 받았어요."

"친구라 하시면?"

"그 애는 정극 쪽이었죠. 그다지 인기 있는 애는 아니었지만 조연급은 되었어요."

"그런데요?"

"성인물에 출연하는 조건으로 10억을 줄 것을 제안받았대요."

"10억요?"

10억이면 작은 돈이 아니다. 게다가 일본이니 더더욱 작지 않다.

"단, 조건이 붙었지요."

"조건?"

"인분을 먹을 것."

"네?"

노형진은 귀를 의심했다. 인분이라니?

"똥 말입니까?"

"똥?"

"어, 그러니까, 인간이 매일 배설하는 그거요."

"네, 맞아요."

"헐…… 그걸 먹으라고요? 가짜를 먹으라는 거겠죠?"

"아뇨. 남자 배우가 싼 걸 바로 먹으래요."

"우욱."

노형진은 왠지 구역질이 나는 느낌이었다.

그런 걸 시키는 놈도 미친놈이지만 그걸 돈 주고 사는 놈도 미친놈이다.

문제는 그걸 찍는 조건으로 10억을 준다는 것.

최소한 그것보다 두 배는 더 벌 자신이 있다는 소리가 아닌가?

"그 애는 당연히 거절했죠."

"그리고요?"

"2년째 아무런 일도 하지 못하고 있어요."

"끄응."

인기가 떨어지는 배우뿐만 아니라 아직 뜨지 못한, 그러나 이름은 좀 알려진 배우에 대해서도 야쿠자의 손길은 닿고 있는 것이다.

"그 친구도 망명할 수 있다면 하고 싶다고 했어요."

노형진은 이야기를 듣고는 한숨을 쉬었다. 그녀의 계획에 큰 문제가 있기 때문이다.

"죄송합니다만 망명은 불가능합니다."

"네? 어째서요?"

"망명은 정치적, 사회적 억압이 있을 때만 가능하거든요."

"저도 억압받고 있는데."

"그런 것과는 좀 달라요."

정치적인 억압은 독재국가에서 민주주의 운동을 하는 이들이 압력을 받는 것과 같은 경우를 뜻하고, 사회적 억압은 민족적 또는 종교적 탄압이 진행되는 경우에 해당한다.

그런데 애석하게도 마이 소라는 그중 어느 곳에도 해당되지 않는다.

"하지만 제 신념에 반하는데요?"

"종교적 탄압은 개인적 강요가 아니라 해당 종교의 부정 및 처벌일 경우에만 인정됩니다. 망명이라는 것은 생각보다 상당히 힘들어요."

"이런."

마이 소라는 어쩔 줄 몰라 했다.

"이 경우는 이민이 맞지요."

이민은 말 그대로 다른 나라에 와서 사는 것을 말한다.

그러나 그것도 쉬운 게 아니다.

"가장 좋은 방법은 한국으로 이민 온 후에 귀화를 신청하는 겁니다."

가장 무난하고 일반적인 방법이다. 일단 공식적으로는 말이다.

"저도 그 생각은 했죠. 하지만 야쿠자가 그냥 둘 리 없잖아요. 그리고 너무 오래 걸리고 조건도 까다로워요."

"그게 문제죠. 그냥 미국은 어떠세요? 거기는 좀 더 이민이 쉬운데.”

마이 소라는 피식 웃었다.

“제가 왜 한국을 선택했는지 아세요?”

“글쎄요.”

“한국인은 일본인과 생김새가 비슷해요. 그래서 녹아들기가 상대적으로 편해요. 그렇다고 중국처럼 무식하지도 않고요. 반일 감정이 있기는 하지만 일본 정부에 대한 거지, 개인에 대한 게 아니니까. 그리고 결정적으로 한국은 야쿠자가 진출하지 않았어요. 하지만 미국에는 얼마나 많은 야쿠자가 진출해 있는데요.”

“보복이 두려우신 거군요.”

고개를 끄덕거리는 마이 소라.

사실 그녀의 우려가 틀린 건 아니다.

미국은 수많은 일본계 사람들이 이민을 가 있고, 그곳에서 야쿠자들이 실제로 활동한다.

중국 같은 경우는 워낙 문화적으로 낙후되어 있어서 그녀의 입장에서는 적응이 쉽지 않은 데다가 일이 일어나면 집단적으로 행동하는 성향 때문에 극단적 일이 많이 벌어진다.

실제로 일본에서 망언이라도 하나 터지만 수입 일본 차들을 모는 사람들이 집단 린치를 당할 정도로 극단적 성향이 강한 게 중국이다.

그럴 때마다 중국에 있는 일본인 여성이 집단 강간을 당했다는 뉴스가 나오는데, 중국 공안은 해결할 의지도 없었다.

그러니 만약 그런 곳에 그녀가 망명한다면 언제 집단 강간을 당할지 모른다. 그녀의 과거 직업상 더욱 쉽게 볼 테니까.

"하지만 다행히 한국은 아니죠."

생긴 것도 비슷한 데다가 중국처럼 극단적으로 일본인을 미워하지는 않는다.

거기에다 문화 수준도 비슷하고, 결정적으로 야쿠자가 그다지 진출하지 못한 나라이기도 하다.

"아무래도 이번 일은 생각을 좀 해 봐야겠군요."

노형진은 이 일을 어떻게 해야 하나 고민에 빠졌다.

"망명은 구조상 안 되고."

"결혼 이민은?"

"시간이 너무 걸려."

"그냥 한국에 와서 잠수 타는 건 어때?"

"현재 재산을 야쿠자가 관리하고 있어. 최악의 경우 그럴 의사도 있다고 하지만, 변호사의 입장에서 권할 만한 방법은 아니지."

그녀를 한국으로 빼돌릴 방법을 찾기 위해 노형진은 머리를 쓰기 시작했다.

하지만 쉬운 게 아니었다. 현실적으로 쓸 수 있는 방법에는 한계가 있기 때문이다.

"돈이 문제네."

"그걸 아니까 야쿠자들이 그걸 빼앗았겠지."

"그럼 투자 이민도 불가?"

"안 그래도 가장 먼저 생각했어. 하지만 그것도 불가."

투자 이민이란 한국의 기업에 투자하면 이민 자격을 부여하는 것을 말한다.

5억을 투자하면 한국으로 이민 올 수 있다.

그리고 마이 소라는 그 정도 자산은 있다. 노형진이 적당한 투자처를 소개시켜 준다면 까먹지도 않을 수 있다.

"하지만 그걸 쥐고 있는 것은 야쿠자지."

"사방을 다 막아 놨네."

"야쿠자들이 일본에서 이 짓거리를 한 게 수십 년이야. 과연 벗어나려는 시도가 없었을까?"

"아."

"다른 사람들이 찾을 수 없는 방법을 찾아야 해."

마이 소라의 재산은 수십억이 넘는다. 하지만 그 재산을 관리하는 재산관리인이 따로 있는데, 야쿠자가 보낸 인물이라고 했다.

그래서 1억 정도는 마음대로 쓸 수 있지만 그 이상을 쓰려고 한다면 그에게 말하고 승인을 얻어서 써야 한다.

"한국에 투자하려고 한다고 하면 야쿠자들이 과연 줄까?"

"줄 리 없지."

손채림은 고개를 절레절레 흔들었다.

"그러니까 어떻게 해서든 그녀가 재산을 가지고 한국으로 들어올 수 있게 해야 해."

"이건 답이 없잖아. 애초에 이건 소송을 할 수 있는 것도 아니잖아. 우리는 한국 변호사지 일본 변호사가 아니야. 우리가 일본에서 변호를 할 수는 없다고."

"그렇지."

"그러면 차라리 일본 변호사한테 의뢰하는 게 어때?"

"그럴 수 있으면 얼마나 좋겠어? 그런데 말이야, 일본 변호사가 미쳤다고 야쿠자랑 척을 지겠어?"

"응?"

"일본 야쿠자를 한국의 조폭이랑 비교하면 곤란해. 애초에 일본에서 야쿠자에게 대항할 수 있는 집단은 없다고 봐야 해. 인원만 보면 일본 자위대보다 숫자가 더 많아."

"뭐?"

"그들은 수십만이야."

일본 정치계에 언론계, 방송계, 법조계, 심지어 경찰까지 일본 야쿠자의 손이 닿지 않은 곳이 없다.

"일본의 야쿠자는 폭력 조직이 아니라 제2의 정부라고 보면 돼. 멕시코와 비슷하지. 멕시코가 정부와 반대 방향으로 가는 반면, 일본 야쿠자는 그들과 같은 방향으로 간다는 점이 좀 다르지만.”

“음.”

실제로 일본의 수많은 법조인들이나 변호사들이 그들과 싸움을 시도했다. 그러나 대부분 실종 또는 사망이라는 결과로 끝나고 말았다.

이제 와서는 그들에게 대항하려고 하는 사람조차 없다.

“같은 상황의 수많은 여자들이 일본 법률에 도움을 청하지 않았을까?”

당연히 했을 것이다.

경찰에 신고도 하고 소송도 하고 계약 무효화도 하고, 최악의 경우에는 버티다가 계약이 끝나면 이적하려고도 했을 것이다.

“그렇지만 누구도 성공하지 못했어. 솔직히 말해서 이건 정석대로 계약 무효화 소송을 하면 필패야. 우리를 도와서 일본에서 소송할 변호사가 있느냐는 점은 빼고 생각해도 말이지.”

그러니까 마이 소라도 모든 걸 다 버리고 망명할 생각을 하는 것 아니겠는가.

“그러면 도울 방법이 없는 거야?”

“글쎄.”

최악의 경우 모든 걸 다 버리고 오면 문제가 되지 않는다.

망명은 못 하겠지만, 노형진이 직장을 소개시켜 주면 취업 비자로 들어오는 건 어려운 게 아니니까.

'문제는 야쿠자가 돈을 그냥 줄 리 없다는 거지.'

그녀의 재산이 얼마나 있는지는 모르겠지만 말이다.

"거참…… 일본에서 그들의 손아귀에서 벗어날 방법은 없는 건가?"

"없지. 야쿠자가 왜 야쿠자라고 하는데."

어깨를 으쓱하는 노형진.

자신이 아는 바가 많은 건 아니다.

하지만 여러 가지 이야기를 들어 보면 섣불리 그들을 건드리면 죽음을 면치 못한다.

"그녀도 그런 방법이 있다면 굳이 일본을 떠나려고 하지는 않았을 거야."

조국을 떠난다는 것. 그것은 참으로 힘든 선택이다.

조국은 그냥 선택 사항이 아니다.

조국을 버린다는 것. 그것은 가족도, 친구도 모두 버리고 간다는 뜻이기 때문이다.

"그럼 차라리 일본에서 그들이 하지 못하게 하는 건 어때?"

"야쿠자가 내 말을 듣겠니?"

"하긴."

고개를 끄덕거리는 손채림.

한국의 조폭도 변호사 말을 안 듣는데, 조직원만 수십만

명 단위인 야쿠자가 노형진의 말에 감복해서 그걸 들으려고 할 리 없다.

"갑자기 성녀로 짠하고 변하면 모를까, 될 리 없지."

그렇게 말하고는 피식 웃는 손채림. 자신이 생각해도 말도 안 된다고 생각했던 모양이다.

그러나 그 말을 들은 순간 노형진은 방법이 보이는 것 같았다.

"뭐라고?"

"응? 뭐?"

"방금 성녀 어쩌고 했잖아?"

"아, 장르 소설에서는 이런 경우에 갑자기 성녀로 각성한다거나 하더라고. 근데 그건 소설이잖아. 현실에 성녀가 어디 있어? 현실은 시궁창인데."

노형진의 얼굴에 스윽 미소가 떠올랐다.

"없기는 왜 없어? 만들면 되지. 후후후."

"뭐?"

"이런 말이 있지. 남의 불행, 나의 행복."

노형진의 머리가 팽팽 돌아가기 시작했다.

"만일 일본을 떠나지 않고 노모 비디오를 찍지 않을 수 있다면 망명하지 않으시겠습니까?"

노형진의 질문에 마이 소라는 당연하다는 얼굴이 되었다.

"물론이죠. 제가 한국으로 온다고 해서 한국인이 되는 건 아니잖아요. 전 일본인이지."

즉, 한국이 좋아서 오는 게 아니라 몸을 팔기 싫어서 선택한 최후의 수단이라는 뜻이다.

"그렇다면 그럴 방법이 있다면 하시겠습니까?"

"방법이 있다고요?"

"네. 법적인 부분만 생각했지만 사실 다른 방법도 있거든요."

"그게 무슨 말이에요?"

마이 소라는 자세를 바로 했다.

그럴 수밖에 없는 게, 자신도 망명까지 이야기했지만 일본을 떠나고 싶지는 않았다. 하지만 소속사와 야쿠자의 협박 때문에 어쩔 수가 없었다.

"그걸 위해 몇 가지 확인할 게 있습니다. 만일 소속사를 옮기면 그걸 안 찍을 수 있나요?"

"네?"

"제가 일본 연예계를 잘 몰라서 그럽니다. 가능한가요?"

"가능하죠. 하지만 쉽지는 않아요."

야쿠자와 관련되어 있는 기업만 있는 게 아니다. 실제로 그렇지 않은 기업도 있다.

그러나 관련이 없다고 해서 그들의 눈치를 보지 않는 건 아니다.
"만일 옮기고 싶다면 그만한 상품성이 있어야 해요."
공식적으로 계약 만료로 옮긴다고 하지만 비공식적으로 야쿠자 계열사의 연예인을 빼 올 경우 그들의 손해, 즉 노모를 찍어서 벌지 못하는 금액의 일부를 배상해 주는 것이 일본의 룰이다.
그런데 상품성이 없는 사람을 데리고 올 리 없다.
"그 상품성을 만들어 낼 수 있다면?"
"상품성을 만들어 낸다?"
"네. 지금 마이 소라 씨 계약 갱신까지 얼마나 남았나요?"
"2년요."
"음."
확실히 일반적으로 야쿠자의 압력을 버티기에는 상당히 긴 기간이다.
설사 2년을 버틴다고 해도 그녀의 커리어를 생각하면 막대한 돈을 주고 다른 소속사에서 데려갈 이유는 없어 보인다.
'하지만 그것만 해결하면…….'
방법은 있다. 그녀의 가치를 올릴 수만 있다면.
"재산이 얼마나 됩니까?"
노형진은 마이 소라에게 당당하게 물었다.
아까부터 이상한 질문을 하는 그를, 그녀는 이상하다는 표정으로 바라보았다.

"그건 왜요?"

"당신의 이미지를 올리기 위해서는 작업을 해야 합니다."

"작업?"

"제가 연예계 큰손인 건 알죠? 그걸 소송으로 얻지는 않았다는 것도 아실 텐데요?"

그녀는 고개를 끄덕거렸다.

한국에 진출하려고 한 것도 자신의 몸값을 올려서 그들의 압력으로부터 버티려고 한 것이기 때문에 이해가 갔다.

그래서 한국 연예계에 대해 많이 알아봤는데, 그 과정에서 노형진이 그 안에서 상당한 영향력을 가지고 있다는 것 또한 알게 되었다.

단순히 돈만 가지고 그렇게 강한 영향력이 있을 수는 없는 법.

"이번 일은 변호사 노형진이 아니라 기획자 노형진으로 해결해야 할 것 같군요."

"기획자라……."

"그래서 확인하는 겁니다. 재산이 얼마나 있나요?"

"저도 모르죠. 버는 족족 그들이 관리했으니까."

어깨를 으쓱하는 마이 소라.

하긴 돈도 자기가 관리해야 알지, 자신이 관리하지도 않는데 알 리 없다.

"그러면 대략적으로라도 말해 주세요. 어차피 다 버리고 올 생각도 하셨으니 좀 손해 보더라도 상관없으시다면요."

"대략 50억쯤 될 거예요."

노형진은 입을 쩍 벌렸다.

그렇게 재산이 많을 거라고는 생각도 못 했던 것이다.

"좀…… 많네요?"

"일본 시장은 한국 시장하고 비교도 못 할 만큼 커요. 제가 비록 성인물 배우지만 매년 벌어들이는 돈은 적지 않답니다."

"음."

일단 재산이 적지 않다는 건 좋은 거다. 자산이 부족하면 작전을 실행할 수도 없으니까.

"얼마나 써도 됩니까?"

"한 3억만 남기면 돼요."

"네? 고작요?"

"애석하게도 내 돈이지만 내 돈이 아니니까요."

야쿠자는 그 돈을 마치 자기들 돈처럼 쓴다고 했다. 관리를 자신들이 하니까.

그걸 자신이 항의한다고 해서 먹혀 들어갈 리도 없거니와, 그랬다가는 목숨이 위험해지기 때문에 그녀는 없는 돈 셈 친다는 것이다.

"뭐, 그렇게까지 쓰지는 않을 겁니다. 어차피 찾아올 돈이니까요."

"찾아오기까지 한다고요?"

불가능하다는 표정으로 고개를 흔드는 마이 소라.

"상대방은 야쿠자예요. 말이 안 통하는 놈들이죠."

"압니다. 하지만 그렇다고 해도 음지에 있는 놈들이죠. 양지에서는 힘 못 씁니다, 아직은."

"그게 무슨 말씀이신지?"

"당신의 이미지를 바꿔서 양지로 끌어 올리겠다는 말입니다."

"그게 가능하다고 생각하세요? 물론 저도 그러고 싶지요. 실제로 그런 식으로 나간 사람도 있긴 하지만, 그건 쉬운 게 아니에요."

양지로 올라간다는 것은 방송계 주류에 들어간다는 뜻이다.

일본의 성인 배우들이 가끔 주류 방송계로 편입해 들어가는 경우가 없는 건 아니지만 결코 쉬운 일이 아니다. 인기도 있어야 하고 지원도 되어야 가능한 일이기 때문이다.

그러나 야쿠자들이 그녀를 노모에 출연시키기 위해 지원을 끊는 바람에 사실상 그건 불가능한 상황.

"지원을 할 수밖에 없게 만들면 됩니다."

"지원을 할 수밖에 없게 만든다?"

"네."

"무슨 수로요?"

"이미지 작업을 하는 거죠."

"이미지 작업?"

"난세에는 영웅이 필요한 법이지요."

"영웅?"

"네. 국가들은 전쟁이 터지면 영웅을 만들어서 안 좋은 부분을 덮어 버리려고 합니다. 그 부분을 이용하는 거죠."

"내가 영웅이 되라고요? 내가 무슨 수로요? 제가 초능력으로 원자력발전소를 우주로 날려 버리기라도 하는 걸 바라시는 거예요?"

"그런 건 아니죠. 불가능한 걸 원하지는 않습니다. 하지만 이미지 콘셉트만 잡으면 됩니다."

"무슨 수로요?"

"원자력발전소 사고를 이용할 겁니다. 남의 불행이 나의 행복일 때가 있지요."

노형진은 차근차근 설명하기 시작했다.

노형진의 계획은 어렵지 않았다.

현재 일본은 핵 발전소의 폭발 사고로 인해 제정신이 아니다. 그리고 체계적으로 규정되어 있지 못해서 난리였다.

아니, 너무 규정이 되어서 난리였다.

'규정에 의한, 규정을 위한 국가, 일본…….'

일본은 비상시 매뉴얼이 존재한다. 그리고 그게 잘되어 있는 걸로 소문이 나 있다.

그런데 여기에 문제가 생겼다. 규정에 매여서 아무것도 못하게 된 것이다.

그럴 수밖에 없는 게, 핵 발전소 폭발에 대한 매뉴얼은 없기 때문이다.

'일본은 매뉴얼대로 일한다. 그런데 매뉴얼이 없으니 패닉에 빠질 수밖에 없지.'

그 당시 일본을 지칭하는 말이 있다.

피해자들은 한쪽에서 굶어 죽어 가고 있는데 한쪽에서는 구호품이 썩어 문드러지고 있다는 말.

생각해 보면 말도 안 되는 소리지만 그게 실제 현실이었다.

일본 규정상 비상 발생 지역에 출입할 수 있는 차량은 한정되어 있다. 그런데 그 출입 허가를 해 줄 수 있는 집단이 없었다.

아니, 없다기보다는 너무 많았다.

일단 A라는 곳에서 발급해야 하는데 그러기 위해서는 B의 동의서가 필요하고, 그 동의서를 받기 위해서는 C의 결정문이 필요하며, C의 결정문을 받기 위해서는 D 병원의 진단서가 필요한데, 이 D 병원이 허가 진단서를 받을 자격을 얻기 위해서는 E 부처의 허가를 얻어야 하며, E 부처가 비상시 매뉴얼에 따라 움직이기 위해서는 국회의 개별 동의가 필요하다는 식으로 되어 있었던 것이다.

그러니 차량 출입 허가 하나를 받는 데 짧게는 3개월씩 걸리는 판국이었다.

'그 당시에 제대로 돌아가는 집단은 야쿠자뿐이라는 말이 있었지.'

일본의 현실을 알려 준 것이 바로 핵 발전소 사고이고 그 사고 이후에 국민들의 불만을 흡수한 것이 바로 일본 극우파다.

그래서 극우파가 수십 년간 득세하면서 전쟁을 부르짖었고 몇 번이나 전쟁의 위험을 겪었던 것이 사실이다.

'하지만 지금 그 방향을 바꿀 수 있다면…….'

노형진은 단순히 그녀를 위해서만 하는 게 아니었다.

그들의 불만을 다른 쪽으로 옮겨서 장기적으로 일본 극우 세력의 발호를 늦춰 볼 생각인 것이다.

"뭘 그렇게 생각하세요?"

"아닙니다. 일단 제 방법은 이렇습니다."

노형진은 자신의 계획을 설명했다.

그리고 그 말을 들으면서 마이 소라는 터무니없다는 표정이 되었다.

"그게 될 리 없잖아요. 아무리 그래도 정부가 그렇게 무능할 리가……."

'그렇게 믿고 싶겠지.'

노형진은 씁쓸하게 웃었다.

어떤 나라 사람들이든 자기 나라 정부가 무능하다는 걸 인정하고 싶진 않을 것이다.

그러나 현실적으로 부패한 정부는 무능할 수밖에 없다.

일본의 무능을 드러내는 세 가지 일이 있는데, 첫 번째가 방사능 측정 처벌법이다.

이 법은 사고 이후에 만들어진 것으로, 방사능을 측정해서

공표하면 10년 형에 처하도록 되어 있다.

상식적으로 말이 안 되는 법안이지만 정부는 이 법을 통과시켰다.

그야말로 사실 방사능 사태를 막을 수 없게 되자 은폐하기 위해 만든 법이다.

그리고 나머지 두 가지 일이 그 후에 벌어진 것으로, 바로 '먹어서 응원하자' 운동과 '태워서 응원하자' 운동이다.

'먹어서 응원하자' 운동은 방사능 피해 지역에서 생산한 음식과 채소 등을 먹어서 지역을 응원하자는 거고 '태워서 응원하자' 운동은 사고 지역의 쓰레기를 태워서 지역의 부담을 덜어 주자는 건데, 결과적으로 일본 전역을 방사능 오염시키는 꼴이었다.

"일단은 가서 보세요. 하지만 조금만 지나면 절 믿게 될 겁니다."

확신을 가진 노형진의 얼굴에 마이 소라는 불편한 얼굴이 되었다.

남의 불행은 나의 행복

"허허, 개판이구먼."

송정한은 혀를 끌끌 찼다.

일본의 삽질을 보고 있자니 열통이 터지는 기분이었다.

"일본이 이러는 게 어디 한두 번 있었던 일인가요?"

일본은 어쩔 줄 몰라 했다.

그건 이해가 갔는데, 문제는 다른 나라의 도움조차 거절하고 있다는 것이다.

'뭔가 있기는 있어.'

노형진은 회귀 전 있었던 음모론이 생각났다.

원래 저 아래에 핵무기가 저장되어 있었다는 말. 그래서 다른 나라의 도움을 받을 수가 없다는 것.

그리고 결국 그건 현실이 되었다.

조사 결과, 일본이 무려 4톤이 넘는 방사능 물질을 몰래 가지고 있었던 것이다.

하지만 송정한이 분노한 것은 그 부분이 아니었다.

"저런 개 같은 놈들. 은혜를 모르네."

"맞습니다. 저런 놈들은 도와주면 안 돼요."

이를 박박 가는 사람들.

그건 일본 정부가 한국의 지원을 거절했기 때문이다.

그 이유가 가관인데, 한국에서 지원하는 물건에 뭐가 들어가는지 알 수가 없다는 것이다.

전에는 정부에서 쉬쉬해서 유야무야 넘어갔지만 노형진은 그걸 언론사를 통해 크게 터트리고 그들의 삽질을 연일 기사에 내보내도록 했다.

노형진이 그러는 이유는 간단하다.

'남의 불행이 나의 행복이지.'

이런 말도 안 되는 무시를 당하면서도 한국 정부는 그들에게 막대한 돈과 물자를 지원했다.

하지만 지금은 언론사에서 연일 때려 대기 때문에 그렇게 할 수가 없었다.

'병신 같다니까.'

웃긴 일이지만 일본은 핵 발전소 사태 이후에 엄청난 물자와 식품을 한국에서 수입해 갔다.

그런데 그 돈을 그냥 두면 벌 수 있는데 정부에서는 그걸 세금으로 사서 주면서 욕까지 처먹고 있는 것이다.

노형진은 그걸 그냥 둘 생각이 없었다.

결국 국민들이 반감을 가지자 지원을 최소한으로 줄일 수밖에 없었고, 일본은 안 그래도 없는 돈에 어쩔 수 없이 적지 않은 돈을 내면서 물건을 사 갈 수밖에 없었다.

'그리고 그건 내 돈이고 말이지. 후후후.'

노형진은 후쿠시마 사태가 벌어진다는 것을 알고 있었다. 그래서 이미 일본에 무역 회사를 만들고 한국이나 근처의 물품을 수입할 수 있는 구조를 만들어 놨다.

사실 그것만 한 거라면 노형진도 남과 다를 바 없다.

하지만 노형진이 인터넷을 통해 일본 전역의 방사능 감시 시스템을 만들어 놨다는 것이 달랐다.

일본 정부가 방사능을 측정해서 올리면 처벌하도록 법을 만든다고 하지만 그건 시간이 좀 지나서 만들어지는 법이다.

거기에다 그걸 알고 있는데 당할 리가 없지 않은가?

당연히 빠져나갈 구멍을 만들어 둔 상태였다.

노형진은 수십 개의 사이트를 외국에 만들어 두고 현재 매일같이 방사능 수치를 공개하고 있었다.

일본에서도 현 사태에 대한 두려움에 접속률이 어마어마하게 늘어나고 있었고, 일본 정부는 그걸 막을 수가 없었다. 해외 사이트이기 때문이다.

'조만간 음식에 대해서도 방사능 수치를 공개하기 시작하면 볼만할 거다.'

노형진은 씩 웃었다.

'먹어서 응원하자' 운동의 가장 큰 후원자는 프랜차이즈 음식점들이었다.

시장에서 파는 야채부터 식당의 음식까지, 노형진은 모조리 까발릴 생각이었다.

그걸 본 사람들은 당연히 대체재를 찾을 것이다.

그리고 그 대체제는 다름 아닌 노형진이 만든 기업에서 파는 물건이 될 테고.

"그나저나 제대로 막기는 하는 거야?"

"이미 일본 정부는 포기했습니다."

"뭘 포기해?"

"저건 막을 수 있는 수준이 아니에요."

"뭐라고?"

"미국이라고 해도 이건 못 막습니다."

핵폭발 사고는 누구도 막지 못한다. 정확하게는, 뒷수습을 하지 못한다.

아무리 노력해도 인간이 할 수 있는 데에는 한계가 있다.

문제는 미국의 기준으로 안전 지역을 설정하면 일본 땅의 4분의 1 이상이 사람이 살 수 없는 지역이 되는데, 그중에는 수도인 도쿄 역시 포함된다는 것.

땅을 버리는 것 말고는 답이 없기 때문에 일본 정부는 입을 막는 데 노력하는 것이고 전쟁을 통해 땅을 차지하기 위해 군대를 부르짖는 것이다.

"그럼 일본은?"

"개판 되는 거죠, 뭐."

노형진은 어깨를 으쓱했다.

아무리 자신이 좋게 생각하려고 해도 한국인인 이상 그럴 수는 없으니까.

"이참에 돈이나 버세요."

"돈?"

송정한은 고개를 갸웃했다.

노형진은 씩 웃었다.

자기처럼 기업을 차려서 돈을 다 쓸어 올 생각을 하는 건 아니지만, 그래도 이 정도 정보는 흘려 줄 만하기 때문이다.

"일본이 저 꼴인데 무서워서 뭘 사 먹겠습니까? 생수나 물건 수입이 많이 늘어날 겁니다. 프랑스나 다른 나라에서 수입하는 건 비싸니까 가격이 싼 한국산으로 몰리지 않겠어요?"

"아!"

송정한은 뭔가 깨달은 듯 슬쩍 시선을 돌리더니 어디론가 향했다.

그걸 보고 노형진은 씩 웃으면서 다시 사고 현장을 비추는 텔레비전으로 시선을 고정했다.

그때였다.

띠리링.

전화기가 울리자 받아 드는 노형진.

그의 입가에 미소가 떠올랐다.

"기다리고 있었습니다."

"답이 없네요."

마이 소라는 일본 정부의 무능에 치를 떨었다.

노형진의 말대로 일본 방송이 아닌 다른 나라의 방송을 보자 얼마나 무능한지 제대로 말이 안 나올 지경이었다.

안전을 외치는 일본 방송과 다르게 다른 나라들은 심각한 상황이라는 것을 정확하게 지적하고 있었던 것이다.

"답이 없다고 하지 않았습니까?"

"이 정도일 줄은 몰랐죠."

"하하하."

"그나저나 이제 어쩌죠?"

"이제 슬슬 이미지를 바꿔야지요."

지금 일본은 절망에 빠져 있다. 그리고 그 절망을 벗어나기 위해 노력하고 있다.

극우 정치인들은 그걸 이용해서 자신의 세를 늘리려고 하고 있고 말이다.

"하지만 무슨 수로요?"

"모든 준비는 끝났습니다."

노형진은 씨익 미소를 지었다.

"이게⋯⋯ 구호품이라고요?"

"정확하게는 기증품이지요."

"기증품?"

"네."

어마어마한 양의 물건을 보고 입이 쩍 벌어지는 마이 소라.

물과 라면 그리고 의약품들.

"연락할 걸 알고 있었습니다. 그래서 미리 준비했지요."

사실 물과 음식은 이해했다. 하지만 미리 준비된 요오드까지 보고 그녀는 노형진의 준비성에 혀를 내둘렀다.

"요오드라니⋯⋯. 가장 필요한 걸 준비하셨네요."

"아십니까?"

"요즘에는 알 수밖에 없죠."

요오드는 체내의 방사성 물질을 바깥으로 내보내는 역할을 한다.

그러나 대부분의 지원품에 요오드는 빠져 있다. 기업이 먹고 마시는 것만 생각하고 있기 때문이다.

"현재 피난 온 수많은 사람들에게는 이게 제일 절실할 겁니다."

"그렇겠네요. 당장 죽을지도 모른다고 생각하고 있을 테니까. 그런데 이런다고 뭐가 바뀌나요? 솔직히 지원품은 다른 곳에서도 충분히 오는 것 같은데."

"압니다. 하지만 그들은 보내고 끝이지요."

"보내고 끝이라고요?"

"네. 전에 말했지요? 난세에 사람들은 영웅을 바랍니다. 그리고 기업은 영웅이 될 수가 없지요."

"하지만 영웅적인 사람들은 많잖아요."

아무리 일본 정부가 무능해도 어떻게 해서든 상황을 바꿔보고자 노력하는 사람들이 존재한다. 그들이 영웅이다.

그러나 노형진은 고개를 흔들었다.

"그들은 영웅의 자격은 갖췄을지언정 영웅은 될 수 없습니다."

"영웅은 될 수 없다?"

"네. 영웅은 만들어지는 것이니까요."

"무슨 말씀이신지?"

"그들은 영웅이 되기에는 상품성이 없다는 거죠."

마이 소라는 눈을 찌푸렸다. 영웅에게 상품성이라니.

하지만 현실을 정확하게 알아야 한다. 그래야 상황을 해결할 수 있는 것이다.

"생각을 해 보세요. 소방관은 현실의 영웅이라고 하지요. 하지만 사람들이 그들을 추앙하지는 않습니다. 왜냐면, 직업이거든요."

"음."

"영웅에게도 이미지는 중요합니다. 소방관들은 결코 영웅이 될 수 없어요. 직업이니까."

"하지만 전 아니라는 거죠?"

"네."

그녀는 적당히 얼굴이 알려져 있다. 그리고 이슈화될 정도로 미모가 뛰어나다.

"지금부터 해야 하는 일은 마이 소라 씨가 전면에 나서는 것입니다."

일본의 영웅 만들기 작전은 지금부터 시작이었다.

—어떻게 된 게 포르노 배우보다 못하냐.

—포르노 배우는 아니지.

—내가 말하는 건 그게 아니잖아. 정부에서 하는 짓거리를 말하는 거야.

마이 소라의 행동으로 일본의 인터넷은 난리가 났다.

그녀는 제대로 통제되지 못하는 일본의 현 상황에서, 그래서 다들 정부의 입만 바라보고 있는 상황에서 돌연 당차게 나서서 사람들을 돕기 시작한 것이다.

가장 먼저 한 것은 정부의 바리케이드를 직접 뚫고 들어가서 지원품을 나르는 것이었다.

방사능 피폭 가능성이 높은 아이들과 노인들에게 요오드를 지급하고 먹을 걸 나르는 그녀의 모습은 인터넷을 통해 생중계되었다.

그리고 그녀를 막으려고 하는 일본 공무원들과 비교되면서 어마어마한 반향을 일으키고 있었다.

"대단하네."

손채림은 일본 방송을 보면서 혀를 내둘렀다.

연일 그녀의 모습이 방송으로 나가면서 성녀의 이미지가 구축되고 있었다.

더군다나 성인물 배우면서 독실한 가톨릭 신자이고 처녀라는 특이성까지 붙어 버리니 언론에서는 신기할 정도로 그녀에 대해 떠들고 있었다.

"언론은 비슷한 성향을 가지거든."

"비슷한 성향?"

"정부에서는 입을 막으라고 하고 있지. 일본 언론은 사실 그걸 따르고 있고. 문제는 마냥 정부의 말만 전하면서 믿으라고 하면 사람들이 믿지 않는다는 거야."

"그래서 마이 소라 씨를 이용하는 거야?"

"그래. 그녀는 정부에 반해 움직이지. 그들이 가진 불만을 약간을 드러내는 셈이지. 하지만 마이 소라는 일본 방사능에 대해서는 이야기하지 않아. 그냥 도움이 필요하니까 가서 도와줄 뿐이지. 절묘하게 일본 방송계의 불만을 긁어 주는 셈이야."

일본 방송계는 그녀에 대한 특집을 연일 내보내고 있었다.

그녀의 몸값은 연일 천정부지로 뛰었고, 공중파에서도 그녀를 부르기 시작했다.

그녀는 그렇게 얻은 수익을 모두 피해자들에게 도움을 주는 식으로 쓰면서 연일 인기몰이를 하고 있었다.

"딱 현재 일본에서 필요로 하는 영웅상인 거지, 도움은 주지만 현 정부에 반하지 않는."

"네가 시킨 거잖아."

노형진은 씩 웃었다.

"뭐 어때."

"하여간 뱃속에 능구렁이가 100만 마리는 들어 있다니까."

물론 영웅의 이미지에는 반골 기질도 있기는 하다.

하지만 현 상황에서 일본 정부의 의견에 반대하면 정부에서는 그녀라는 존재를 지우려고 할 것이다.

'하지만 그녀는 아니지.'

그녀가 정부에 반대하는 모습은 보이지 않는다.

그녀가 과격한 모습을 보인 경우는 오로지 단 하나, 공무원들이 막을 때뿐이었다.

그나마도 그녀가 분노하는 대상은 무능한 공무원이지 정부를 탓하는 게 아니었다.

그녀는 노형진의 조언에 따라 정부를 믿는다는 언론 플레이를 계속하고 있었다.

"자기 입맛에 맞는 영웅이 등장했는데 과연 정부에서 그냥 둘까?"

사건을 덮기 위해 어떻게 해서든 띄우려고 할 것이다.

"하지만 그래서는 더 문제가 되지 않을까?"

"뭐가?"

"일본의 방사능 문제 말이야. 사실상 덮는 걸 도와주는 거잖아."

노형진은 코웃음을 쳤다.

"그래서 반대하면? 뭐가 바뀌는데? 현 상황에서 일본이 저 상황을 통제할 수 있다고 생각해?"

"하긴."

"지금 상황은 일본이 통제할 수 있는 수준을 넘어갔어. 아니, 인간이 통제할 수 있는 상황을 넘어갔지. 결국 결론은 똑같아. 일본에는 방사능이 퍼질 테고 수많은 사람들이 암과 방사성 질병으로 죽어 나가겠지. 그렇지만 그건 내가 알 바 아니지. 난 신이 아니야. 그들 모두를 도울 수는 없어. 그리고 내 의뢰인은 마이 소라 양이야, 일본 정부나 국민이 아니라.”

손채림은 고개를 끄덕거렸다.

누군가 보면 잔인하다고, 반인륜적이라고 할지도 모른다.

그러나 결과는 바뀌지 않는 게 확실한 상황에서 슬퍼하기만 하면서 구경만 할 수는 없다. 차라리 그 안에서 살길을 찾아가는 것이 현실적이다.

더군다나 실제로 반인륜적인 행동을 하는 것도 아니고 남을 돕는 것인데 누가 욕할 수 있겠는가?

“정부의 시책을 따라간다는 식으로 어필해서 그들의 보호를 받는다라……. 그건 알겠는데, 왜 바리케이드를 차로 부수고 들어간 거야?”

그녀가 유일하게 폭력적인 모습을 보인 때. 그건 막는 바리케이드를 차로 부수고 들어갔던 때뿐이다.

“언론을 타려면 자극적이어야 하니까. 가서 기증하고 싶어요, 그러면 거기 공무원들이 기증 관리하는 곳으로 가라고 하지 그냥 들여보냈겠어?”

“아!”

하지만 노형진은 그녀에게 차로 바리케이드를 부수고 들어가라고 말했고, 그 덕분에 일본의 관심이 그녀에게 쏠렸다.

일본의 문화상 그렇게 극단적인 행동을 하는 경우는 드물기 때문이다.

“인기가 높아지고 있으니 야쿠자들은 그녀에게 노 모자이크에 출연하자는 소리를 하기가 애매해졌지."

"하긴."

단순한 작전이기는 하지만 그로 인해 그녀의 주가가 올라가면서 소속사의 대우가 달라졌다.

끊어졌던 지원이 다시 시작된 것만으로도 모자라 더욱 늘어났고, 공중파에 출연하는 숫자가 점점 늘어나고 있었다.

"일단은 이 정도면 당분간은 야쿠자들이 노모 찍으라는 소리는 안 할 거야."

"당분간?"

"그래, 애석하게도 당분간은 말이지. 계약 기간이 아직 2년이나 남았거든. 그리고 이런 영웅 작전은 양날의 검이야."

"양날의 검?"

"그래. 지금이야 그녀가 추앙받으니까 조용하지. 하지만 사태가 좀 진정되고 나면 그녀가 벗었을 때의 가치가 얼마나 될 것 같아?"

"응?"

"남자란 괴팍한 존재야. 자신이 추앙하는 존재가 무너지고 더럽혀지는 것을 보면서 흥분하는 놈들도 많다고."

"으…… 디러!"

"더러워도 어쩌겠어. 결국 시간이 지나면 그녀에게 또다시 마수가 뻗칠 거야. 야쿠자니까."

그녀를 추앙하는 사람들이 많아지는 만큼 그녀의 노모를

기대하는 놈들도 많아질 것이다.

아마도 현 상황에서 그녀가 노모를 찍는다고 하면 어마어마한 수익이 나올 것이다.

"근데 그러면 의미가 없잖아."

지금이야 안전하다고 해도 미래는 알 수 없다. 더군다나 그녀의 계약이 남아 있는 상황에서는 더욱 말이다.

"걱정하지 마. 이미 방법은 찾아 놨으니까."

"찾아 놨다고?"

"그래. 야쿠자는 관계를 중요시하거든. 일본의 전통이기는 하지만 말이야."

"관계?"

"그래. 은혜는 절대 잊지 않고, 원한도 절대로 잊지 않는다."

한국은 은혜고 뭐고 이득이 된다면 뒤통수를 쳐 대는 것이 현실이다.

그러나 야쿠자는 그러지 않는다. 아니, 그럴 수가 없다.

그렇게 되면 조직의 위계가 무너지며 사실상 내전 상태로 들어가기 때문에 그들은 은혜를 절대로 잊지 못하도록 가르치고 또 교육한다.

"그걸 이용할 거야."

"뭔 수로? 야쿠자들이 뭐가 아쉬워서 은혜를 입어?"

"아쉬운 게 있지. 전에 말하지 않았나, 현재 일본에서 제대로 굴러가는 건 야쿠자들뿐이라고?"

그리고 그들에게 뭐가 필요한지, 노형진은 정확하게 알고 있었다.

"이게 뭡니까?"

박스 단위로 가지고 온 물건을 본 히치고는 어리둥절했다. 무슨 구호품 같은 것치고는 상당히 가벼운 물건이었다.

마이 소라는 그런 그에게 박스를 내밀었다.

"입고 가요."

"네?"

"방사능 방호복이에요."

"방사능 방호복요?"

"네. 내일 후쿠시마 쪽으로 간다면서요?"

"그거야 그런데……."

"자녀분도 있잖아요? 그리고 대부분 미혼이시라면서요? 방사능에 노출되면 기형아가 태어날 수도 있대요."

히치고는 울컥했다.

"그래서 방호복을 가지고 오신 겁니까?"

"네."

일본은 지금 방호복이 부족해서 난리였다.

원래 방사능 제거 작업을 하기 위해서는 방사능 방호복을 입어야 한다. 그런데 평소에 방호복 입을 일이 얼마나 있겠는가? 당연히 충분한 양이 없었다.

이미 노형진이 재고를 싹쓸이하고 심지어 예약까지 걸어 어마어마한 양을 선점해 놨기 때문이다.

그래서 일본은 울며 겨자 먹기로 그걸 노형진을 통해 사고 있었다.

하물며 일본 정부도 이런데 야쿠자들이 구할 수 있을 리 없었다.

'제대로 돌아가는 건 야쿠자뿐이라…….'

마이 소라는 씁쓸해졌다.

사실 일본 정부가 무능하다는 노형진의 말에 그녀는 믿지 않았다.

그러나 노형진의 말대로 일본 정부는 우왕좌왕 어쩔 줄 몰라 하고 있었고, 시스템이 정지되면서 지원도 제대로 되지 않아서 야쿠자들이 나서야 할 정도가 되어 버렸다.

더 웃긴 건, 자신은 결사적으로 막으려던 공무원이 야쿠자들은 막으려고 하지 않는다는 것이다.

애초에 법과는 거리가 먼 집단이니까.

'이게 뭔 짓인지…….'

마이 소라의 기분이 어떻든 다른 야쿠자 조직원들은 왠지 울컥했다.

"이런 걸 다 주시고, 감사합니다."

더군다나 그녀가 준 것은 상당히 높은 수준의 방호복이었다.

방사능 방호복도 등급이 있는데 현재 일본에서 방사능 제거 작업을 하는 방호복은 최하 등급이다. 그게 제일 싸기 때문이다.

다른 나라는 저런 방사능 상태에서는 의미가 없다고 기겁했지만, 일본은 법을 고쳐서 허용 방사능 피폭량을 열 배나 올리면서도 높은 등급의 방사능 방호복을 사 주지 않고 있었다.

"누구도 방사능에 고통받으면서 죽고 싶지는 않을 테니까요."

거기에 모여 있는 야쿠자들은 고개를 끄덕거렸다.

구호품을 배달하라는 명령을 내린 건 윗대가리지만 그 명령을 실행하는 것은 아랫사람들이다. 그리고 대부분은 결혼하지 못했거나, 결혼했어도 신혼이었다.

그들은 방사능에 의해 기형아가 태어날까 봐 두려워하고 있었다.

설사 아니라고 해도 방사능 때문에 암에 걸리는 것은 널리 알려진 사실이다.

"더 필요하면 말하세요. 제가 아는 분을 통해 더 구할 수 있어요."

"그 말이 사실입니까?"

"네."

"감사합니다. 감사합니다."

다들 고개를 숙였다. 진심으로 고마웠던 것이다.

그리고 그런 그들을 이용하는 마이 소라는 왠지 찝찝한 기분이 들었다.

"대단하네요."

마이 소라는 노형진이 약간 무섭다는 생각이 들었다.

그는 일본에 있는 것도 아니고 일본에 대해 잘 아는 것도 아니다. 그런데 자신이 고민하던 모든 것을 한 번에 해결했다.

순식간에 자신을 국민 여배우 중 한 명으로 올려놨고, 조직원들을 위해 방사능 방호복까지 주는 그녀에게 은혜를 입었다고 생각하게 해 노모 비디오 이야기가 쏙 들어가게 만들었다.

심지어 소속사에서는 정극으로 나가 보라면서 유명한 연기 선생님까지 붙여 줬다.

더 이상 노모의 공포에 떨지 않아도 되게 된 것이다.

"그런데 진짜로 안 올 겁니까?"

노형진은 마이 소라를 보면서 물었다.

사실상 그들은 그녀를 포기했다. 아니, 가치를 인정했다고 봐야 한다.

그래서 감시하던 사람들도, 돈을 관리하던 자도 뺐다. 그래서 자기 마음대로 할 수 있게 되었다.

그런데 이제 그녀는 한국으로 오지 않는단다.

“제가 한국으로 가려고 한 이유는 노모 때문이지, 일본을 사랑하지 않아서가 아니에요.”

“쩝.”

“그리고 노 변호사님이 만든 이미지라고 하지만 일본 국민들은 절 영웅으로 대하고 있어요. 그들을 버리고 한국으로 오는 건 배신이라고 생각해요.”

“그거야 그렇지만 방사능 사태가 쉽게 끝날 거라고는 생각하지 마세요.”

“알아요.”

이건 수십 년을 갈 수밖에 없는 사태이고 쉽게 해결될 만한 것도 아니다.

“하지만 그렇다고 해서 떠날 수는 없어요.”

“알겠습니다.”

노형진은 고개를 끄덕거렸다.

그녀의 건강이 염려되기는 하지만 그녀의 선택이다. 자신이 거기에 감 놔라 배 놔라 할 수 있는 것이 아니다.

“그나저나 덕분에 살았네요.”

“저도 덕분에 살았습니다, 후후후.”

노형진은 그녀에게 조건을 달았다.

그건 다름 아닌, 그녀가 그곳에 설립한 회사의 광고 모델이 되어 달라는 것.

일본에서 노형진이 설립한 회사는 어마어마한 수익을 내고 있었다.

눈치챈 몇몇 기업들이 수출 의사를 타진하고 있었지만 노형진은 이미 판매 라인을 구축한 상황이기 때문에 그들은 노형진을 통해 판매하려고 해서 수수료 수입 역시 작지 않은 상황.

"그런데 한 가지 궁금한 게 있어요."

"궁금한 것?"

"일본에서 이번 일이 일어난다는 걸 알고 계셨나요?"

진지한 표정으로 물어보는 마이 소라.

사고가 날 당시에 일본에 있었다면 아마도 자신은 죽었을지도 모른다. 그런데 노형진 덕분에 살아남았고, 심지어 이제는 국민 배우 반열까지 올라갔다.

더군다나 노형진이 어마어마하게 사 둔 방사능 대책 물건들은 미리 예상하지 않았다면 절대로 준비해 둘 만한 양이 아니었다.

"글쎄요."

노형진은 그저 씩 웃고 말았다.

"진실은 말해 주실 생각이 없나 보군요."

"때로는 누구도 진실을 믿지 않으니까요."

만일 미래에서 회귀했다고 하면 누가 자신을 믿겠는가?

설사 믿는다고 해도 문제다.

그렇게 되면 자신은 누군가에게 강제로 납치당해서 미래의 기억을 모조리 토해 낼 때까지 고문당할 것이다.

"진실이 알려지지 않아야 되는 경우도 있습니다."

"네?"

"제가 당신을 도와줬다는 것은 비밀로 하시라는 말씀입니다."

"그게 무슨……?"

"지금부터 일본은 극우가 창궐할 겁니다. 당신이 한국의 도움을 받았다면, 아마도 그게 핑계가 될지도 모릅니다."

"핑계라니?"

"말 그대로입니다. 핑계죠."

"……."

마이 소라는 아무런 말도 하지 않았다.

실제로 있었던 일이기 때문이다.

관동대지진 때 일본 정부는 한국인들이 우물에 독을 넣는다면서 대대적인 학살을 했다.

그건 분노를 다른 곳으로 돌리기 위한 수단이었다.

'그리고 지금도 그렇지.'

자신이 있어서 추앙받고 있다고 하지만 그렇다고 해서 분노가 사라지는 것은 아니다.

벌써 인터넷에서는 분노를 외부로 돌리려는 시도가 보이는 상황.

"일본에서 계속 사실 거라면 진실은 그대로 묻어 두십시오."

그녀는 고개를 끄덕거릴 수밖에 없었다.

일본인인 자신이 누구보다 일본과 우익에 대해 잘 알고 있다. 자신이 아무리 추앙받아도 그들이 공격하기 시작하면 답이 없다.

"이번 사건, 잘 이겨 낼 수 있을까요?"

그녀는 다른 건 묻지 않았다.

사실 그 답이 제일 궁금했으리라. 자신의 나라가 어떻게 되는지 말이다.

하지만 노형진은 그저 고개를 흔들었다.

그녀의 마음은 안다. 하지만 일본은 결국 잘못된 길을 선택한다.

그녀가 조금 늦출 수 있을지는 모르지만, 그녀가 막을 수는 없다.

"극우가 권력을 잡은 나라의 말로는 뻔하지요. 그리고 현 상황에서 그걸 막을 수 있는 방법은 없고요."

마이 소라의 얼굴은 어두워질 수밖에 없었다.

짐승이 아닌 인간이다

"여기는 금연인데요."

노형진은 안당 마님을 보면서 작게 말했다. 안당은 자신의 곰방대를 힐끗 보았다.

"불 안 붙였잖아."

"붙이려고 하시잖아요."

"치사한 놈."

"건강을 위해 끊으시죠."

"이 나이에 살면 얼마나 산다고."

"한창 정정하시잖아요?"

안당은 입에 물고 있던 곰방대를 내려놨다.

사실 그녀는 전보다 더 정정해진 것 같았다.

"그래서, 가게는 잘되어 갑니까?"

"잘되기는, 파리 날리지."

"파리요? 그게 파리 날리는 겁니까?"

"그 새끼들이 파리지 뭐야."

노형진은 피식 웃었다.

그녀가 운영하던 다안은 다안기생문화연구원으로 바꾼 후에도 여전히 성업 중이다.

사실 연구원으로 바꾼다는 말에 노형진은 더 이상 술장사를 하지 않는 줄 알았다.

그러나 기생 문화라는 것이 애초에 접대를 위한 문화인 만큼 손님이 없을 수는 없다.

"도대체 그럴 거면 왜 바꾸신 겁니까?"

"더 체계적이잖아."

"그건 그렇지요."

"그리고 어디 가서 자랑도 좀 하고. 왜놈들 게이샤는 뭐 달라?"

"하긴."

게이샤나 기생이나 사실 목적은 다 비슷하다.

다만 일본은 그 게이샤라는 문화를 포장을 잘한 거고 한국은 기생이라는 문화를 포장하지 못한 것뿐이다.

안당 마님이 하는 것은 그 포장 작업인 거고.

'뭐, 이미지는 좋아지기는 했지.'

공식적으로 다안기생문화연구원은 기생 문화를 전수하는 곳이다. 시조부터 시류까지 모든 것을 가르친다.

그건 과거 다안이 술집일 때도 하던 일이었다.

다만 달라진 점은, 전시실이 생기면서 술집이라는 곳보다는 문화원이라는 느낌이 더욱 강해지고, 그로 인해 더욱 고급스러운 느낌이 강화되었다는 것이다.

또한 거기서 일하는 사람들도 남자든 여자든 더욱 당당해졌다.

술집에서 일한다는 것과 문화원에서 일한다는 것은 다른 느낌이니까.

'하여간 대단한 분이야.'

비슷하지만 껍데기를 바꾸면서 더욱더 많은 고객을 당겨올 수 있게 된 것이다.

"그런데 바쁘신 분이 왜 오신 겁니까?"

"네놈이 해결해 줬으면 하는 일이 하나 있어서 왔지."

"무슨 일인데요?"

"강간 사건."

노형진은 눈을 찌푸렸다.

강간이면 형사사건이다. 그런데 그 형사사건은, 자신이 고소장을 써 줄 수는 있는데 그 후에 끼어들기가 애매하다.

"그건 일단 신고하면 경찰에서 수사하는데요."

"알아."

안당은 다시 곰방대를 물었다. 그리고 습관적으로 성냥으로 불을 붙이려다가 그 성냥을 노려보고 있는 노형진의 시선을 느끼고는 휘휘 저어서 꺼 버렸다.

"치사한 놈."

"치사해도 어쩔 수 없습니다. 그런데 강간이라니, 다안에서 일하는 분들 중 한 분이세요?"

다안에서 일하는 사람들은 기생이다. 기본적으로 2차는 나가지 않는다.

과거에는 비공식적으로 나가는 걸 모른 척해 줬지만 지금은 문화원이 되었기 때문에 아예 금지시켜 버렸다.

그래서 그녀들을 품고 싶어서 안달 난 녀석들이 많다.

더군다나 그곳에 있는 여자들은 외모가 진짜 연예인급이다 보니 스토커나 따라다니는 놈들이 한두 명씩은 있기 마련이다.

"아니."

그런데 의외로 그런 사람이 아니라는 안당 마님의 말.

"그럼요?"

"다른 곳 녀석이야. 그런데 사건이 더러워서 말이지."

"더러워요?"

"그래."

"무슨 일인데요?"

"2차 나갔다가 강간당한 거거든."

"네?"

노형진은 어리둥절한 얼굴이 되었다.

2차라는 것 자체가 말 그대로 성매매를 하러 간다는 뜻이다. 그런데 강간을 당했다?

'돌아오다가 당했다는 건가?'

그런 것 같지는 않다.

일반적으로 업소들은 계약된 모텔이 있어서 그곳에서 2차를 끝내고, 또 그런 곳에는 상주하고 있는 일종의 문지기나 보디가드가 있기 마련이기 때문이다.

보통은 깡패지만, 어찌 되었건 그런 걸 막기 위해 존재하기에 오는 길에 강간당할 가능성은 없다고 봐도 무방하다.

"이해를 못 하겠는데요."

"너도 이해를 못 하는데 짭새 놈들은 참 잘도 이해하겠지?"

"그렇게 담배가 당기시면 저기 창가로 가서 피해서……."

자꾸 곰방대에 신경을 쓰는 안당을 보던 노형진은 결국 자리를 좀 비켜 줬고, 그녀는 자리를 옮겨서 담배를 피우면서 연기를 창밖으로 내보냈다.

그러자 그제야 좀 안정되는지 상황을 설명해 줬다.

"2차이기는 한데 이야기가 좀 달라."

"다르다고요?"

"그래."

사건이 벌어진 것은 다안이 아니었다.

엄밀하게 말하면 안당과는 전혀 상관없는, 아니 사이가 안 좋은 가게라고 했다.

신념을 가지고 하는 안당과 다르게 그들은 돈을 노리고 이 일을 했고, 그 때문에 2차도 반강제적으로 보내는 것이었다.

그런데 그곳에서 사고가 났다.

"어딘데요?"

"색연필."

"색연필?"

"룸살롱이야. 사장은 김택용."

김택용이라는 이름을 들은 노형진은 머리를 절레절레 흔들었다.

"그 새끼, 알아?"

"알죠."

김택용. 자칭 밤의 황제.

'지금은 성장 중이겠군.'

그가 운영하는 룸살롱만 열다섯 개였다.

그리고 그중 일곱 개는 건물을 통째로 쓰는 초대형 룸살롱이었다.

그는 밤의 황제라고 자부하고 다녔으며, 자신을 지원하는 조폭도 데리고 있었다.

'사이가 안 좋을 만하지.'

그는 안당과 딱 반대였다.

안당 마님은 힘을 가지고 있으나 쓰지 않으면서 비록 막나가는 인생이라고 하나 업소 여성들을 보호하려고 하는 반면, 김택용은 돈만 된다면 그들의 인생 따위는 신경도 쓰지 않는 자였다.

성매매도 성 노동이라 생각해서 합당한 돈을 주는 안당과 다르게 그는 뜯어먹을 수 있는 것은 다 뜯어먹는 악질 중의 악질이었다.

'터무니가 없지.'

실제로 나중에 체포되었을 때 밝혀진 그의 악행은 끝이 없었다.

지각하거나 몸이 안 좋아 쉬는 여자들에게는 벌금이라는 이름으로 돈을 갈취했고, 그곳을 떠나려고 하거나 벗어나려고 하면 폭행을 사주하거나 가족들을 찾아가서 까발리는 식으로 인생을 망가트렸다.

그가 뿌린 뇌물만 한 해에 50억이 넘었고 세무사에서 집계한 그의 연 매출만 무려 한 업소에서 350억이었다.

서울 쪽 경찰과 검출 중에서 안 받아 처먹은 놈이 없을 정도였기 때문에 발칵 뒤집혔던 게 기억이 난다.

'그러고 보니 이때쯤이군.'

그 녀석은 이때쯤에 급속도로 세를 불리기 시작한다.

'아, 그렇구나!'

노형진은 상황이 이해가 갔다.

사실 이때쯤이면 안당 마님이 없어야 한다.

그녀는 원래 역사대로라면 다안을 바꾸려는 그녀의 의사를 반한 녀석들에게 살해당했다.

그리고 그녀의 공백을 틈타 아귀다툼이 벌어졌는데, 그 승자 중 한 명이 김택용이었다.

'서로 안 맞을 수밖에…….'

서로 추구하는 것이 안 맞으니 당연히 안당 마님이 그 녀석을 싫어할 수밖에.

"그 녀석을 퇴출시키고 싶으신 거군요."

눈을 치켜들고 흘겨보는 안당 마님.

마치 어떻게 알았느냐는 듯한 표정이었다.

사실 서로 추구하는 이념이 정반대이니 당연한 거다.

안당이 김택용을 그냥 놔둘 리도 만무하고, 김택용이 성장하기 위해서는 안당을 꺾어야 하니까.

"뻔한 거 아닙니까? 그 업소 아가씨잖아요."

"흘흘흘, 이래서 네놈이 마음에 들어. 길게 이야기할 필요가 없거든."

창밖으로 재를 탁탁 털어 내는 안당 마님.

노형진은 어깨를 으쓱했다.

'마냥 착한 분은 아니라니까.'

진짜 강간 사건이라면 이건 신고만 하면 된다.

하지만 상대방이 김택용이라면 상황이 달라진다.

안당은 이번 사건을 이용해서 김택용에게 타격을 주고 싶은 것이 분명했다.

급속도로 성장하는 그 녀석이 마음에 들 리 없기 때문이다.

"목적은 알았으니 사건을 들어 보죠."

"상관없는 거냐?"

"의뢰인이 원하는 거라면 뭐든 하는 게 변호사 아닙니까? 반사회적인 게 아니라면요."

히죽 웃는 안당 마님.

사실 노형진의 입장에서도 김택용은 그다지 그냥 두고 싶은 녀석이 아니었다.

'밤의 황제.'

자칭 그렇게 말했고, 몇 년 후면 다른 사람들도 그렇게 말한다.

그는 어마어마한 뇌물로 공무원들의 청렴도를 20년 이상 후퇴시킨 녀석이었다.

하지만 그건 중요한 게 아니다.

그는 여자를 수급하기 위해 함정에 빠트린다거나 폭행을 하는 식의 반사회적 범죄를 어마어마하게 저질렀다.

그럼에도 불구하고 그는 회귀 전 고작 3년 형을 받았을 뿐이고, 출소 후에도 수백억을 벌어들이면서 떵떵거리면서 잘 살았다.

'아주 전설적인 놈이지.'

누군가 그에게 그래도 10억이면 적지 않은 수익 아니냐고 하자 그가 고작 그 푼돈 벌려고 이 짓거리 하는 게 아니라고 답했다는 일화가 있을 정도다.

'아직은 그 정도는 아닐 테지만…….'

지금도 적지 않게 벌어들일 게 뻔하다.

"사건이 좀 애매해."

그곳에서 일하는 여자가 2차를 나갔다.

"그런데 그건 엄밀하게 말하면 성매매이고 성 매수니까 당연히 강간이 성립되지 않습니다만?"

"그 녀석이 공사를 했더라고."

"공사?"

"그래."

"무슨…… 아."

노형진은 무슨 말인지 알아들었다.

저쪽 업계에서 남자가 공사를 했다고 하는 것은 남성의 성기에 구슬 같은 것을 박아서 확대시키는 것을 뜻한다.

남자들의 잘못된 상식 중 하나인데, 그런 걸 하면 여자들이 좋아할 거라 생각하는 것이다.

물론 개소리일 뿐이다.

보통은 실리콘으로 된 구슬이나 링을 박아 넣는데 그런 걸 좋아하는 여자는 열 명 중 한 명도 되지 않는다.

아예 없지는 않지만 대부분의 여성들은 혐오한다.

여자들이 좋아한다는 말은 의사가 팔아먹기 위해 하는 말일 뿐이다.

"거절했겠군요."

안당은 고개를 끄덕거렸다.

그럴 수밖에 없는 게, 남자는 여자가 좋아할 거라 생각해서 박아 넣지만 그런 경험이 있는 것도, 그걸 좋아하는 것도 아닌 사람에게는 통증만 줄 뿐이다.

그래서 성매매 업소 중 상당수가 속칭 공사를 한 사람들은 손님으로 받지 않는다. 여자의 몸에 좋지 않아서다.

"미친놈인 게지."

"이해가 갑니다."

현장에 가서야 그 사실을 확인한 여자는 당연히 성매매를 거절했고, 남자는 술에 취한 상태에서 여자를 폭행하고 강간했다.

"끄응, 애매하군요."

노형진은 그녀가 왜 자신을 찾아왔는지 이해가 갔다.

상당히 애매하다.

엄밀하게 말하면 그녀가 거절한 상황에서 강간은 성립된다. 같이 모텔을 갔다고 하더라도 현장에서 거절하면 그건 해서는 안 된다.

상대방의 신분과 상관없이 그건 강간이다.

'하지만 정황상의 증거가 문제지.'

술집 여성이고 또 2차를 위해 모텔까지 함께 움직이기까지 했다. 그 상황에서 강간을 했다고 한다면 누구도 믿지 않을 것이다.

"신고를 했다고 해도 강간으로 인정되지 않겠군요."

"그래."

물론 김택용을 비롯한 그 일파가 증언해 주고 도와준다면 모르겠지만, 문제는 그럴 가능성이 전혀 없다는 것.

'김택용이 미치지 않고서야…….'

그들의 입장에서 성 매수자를 신고한다는 것은 사업하기 싫다는 소리나 마찬가지다.

"다른 변호사들은요?"

"하지 말라고 하더군. 무조건 진다고."

"그렇겠지요."

성매매인 증거는 사방에 넘쳐 나는 데에 반해 강간당했다는 증거는 여자의 증언뿐이다. 김택용 일파는 절대적으로 강간범 편일 테고.

물론 접수야 할 수 있다. 하지만 정황상 보면 누가 봐도 꽃뱀 사건이다.

"솔직히 말하면 이 사건 힘듭니다. 처벌은커녕 무고로 고발이나 안 당하면 다행입니다."

"그러니까 네놈을 찾아온 거 아니냐?"

"제가 무슨 마법사도 아니고, 이런 걸 어떻게 뒤집습니까?"

"그건 모르지. 하지만 방법은 네놈이 찾아봐야지."

"쩝."

반대의 증거만 있는 상황에서 이 사건을 뒤집는 것은 쉬운 게 아니었다.

'하지만…….'

반대로 이런 사건도 한 번은 해결해야 한다는 것은 사실이었다.

"어쩔 수 없지요."

안당 마님은 새론에서도 상당히 큰손이고 또 자신들이 접근하지 못하는 정보를 줄 수 있는 사람이다.

그러니 힘들다 해도, 설사 진다고 하더라도 무조건 안 된다고 할 수는 없다.

'뭐, 어차피 진다고 해서 바뀌는 것도 없고…….'

노형진은 이 사건을 받아들일 수밖에 없었다.

"꽃뱀이 아닌 거 확실합니까?"

무태식은 사건을 들으면서 어이가 없어 했다.

상식적으로 누가 봐도 이건 꽃뱀으로 분류될 사건이다.

"그래서 어려운 겁니다."

"도대체 왜 갑자기 거절한 거야?"

손채림은 고개를 갸웃했다.

성매매를 하기 위해 거기까지 간 거면 그냥 하고 나오면 되는 거다.

"피해자가 잘못한 거처럼 말하지 마."

"응?"

"강간은 말이야, 100% 가해자 잘못이야. 애초에 범죄라는 건 일부 범죄를 제외하고는 가해자 잘못이야. 우리나라는 무슨 일이 터지면 피해자에게 조금이라도 잘못을 돌리는데, 어떤 상황이라도 범죄자가 잘못한 거지 피해자가 잘못한 건 아냐."

"쩝."

손채림은 괜시리 미안한 듯 입맛을 다셨다.

사실 이런 경우 한국에서는 피해자를 탓한다.

'그리고 이 사건에서도 그게 문제고.'

"하지만 진짜 꽃뱀도 있잖아요?"

여전히 의심의 눈초리를 보내는 무태식 변호사.

"꽃뱀은 공갈에 속하는, 명백하게 다른 범죄입니다. 그 경우는 그 여자가 잘못한 거죠."

"이 경우도 그런 거 아닐까요?"

"글쎄요. 무리일 것 같더군요."

노형진은 서류에서 사진을 꺼내서 그들에게 밀었다.

그리고 그걸 본 두 사람은 움찔했다.

"보다시피 상해의 흔적이 남았으니까요."

"음."

얼굴은 멍이 들고 입술이 부르터 있었다. 누가 봐도 누군가에게 두들겨 맞은 모습이다.

"사건 이후에 병원에 가서 찍은 겁니다."

"그렇군요."

꽃뱀이라면 자신의 얼굴에 이런 식으로 상처를 낼 리 없다.

그녀는 화류계에서 일하는 사람이다. 이런 식으로 얼굴에 상처가 나면 그게 다 나을 때까지 일하는 건 불가능하다.

"그러면 도대체 왜 거부한 거야?"

여전히 그 부분에 대해서는 이해하지 못하는 손채림.

노형진은 그 부분에 대해 한숨을 쉬었다.

"아프니까."

"응?"

"남자들의 판타지와 현실은 다르거든."

남자들은 구슬을 박아서 자극을 강하게 하면 여자들이 좋아할 거라 생각한다.

하지만 그건 어디까지나 애정의 관계로 충분히 몸과 마음의 준비가 되어 있을 때나 가능한 일이다. 그것도 여자가 그런 것에 익숙할 때 한정해서.

"그런 식으로 개조된 성기는 일반적인 여성에게 고통을 주지."

그리고 아프면 일하지 못한다.

"일하지 못하면 여러 가지 문제가 생겨."

일단 돈을 벌지 못한다.

불법이고 사회적으로 지탄받는 일이라고 해도, 어찌 되었건 그 여자의 입장에서는 돈을 버는 직장이다. 그런데 아프면 당연히 일을 하지 못한다.

"사실 아프면 쉬면 그만인데, 벌금도 문제거든."

"벌금?"

"그래. 김택용은 좋은 놈이 못 되어서 말이지."

회귀 전에도 그렇고 지금도 그렇고, 김택용은 출근하지 못하는 여자에게 벌금을 먹이고는 그걸 갚으라고 한다.

명백하게 불법이지만 애초에 법을 지키는 놈들이 아니니까.

"하루에 30만 원이라고 하더라. 아파서 사흘 쉰다고 하면 거의 100만 원이야."

"헐."

사람에 따라 하루에 얼마나 버는지 알 수는 없다.

하지만 일반적으로 손님 한 명 받아서 받는 돈이 15만 원 선인 점을 감안하면 못해도 이삼일은 공짜로 일해야 한다.

아니, 그냥 뜯기는 셈이다.

"나 같으면 딴 데로 가겠다."

"그게 정상이지. 하지만 뒤에 조폭이 있으니까 문제인 거야."

다른 곳으로 가면 그들이 해코지를 하는 것이다. 그래서 안당 마님과 사사건건 부딪히는 것이고.

직업으로서 인정하는 그녀와 다르게 착취의 대상으로만

여자들을 보기 때문이다.

"만나서 이야기해 봐야 정확하게 알겠지만 꽃뱀은 아닌 것 같아."

두들겨 맞은 모습만 봐도 꽃뱀은 아니다.

그럴 거였으면 이미 고소가 진행되었어야 한다. 하지만 아직 고소를 진행하지 못한 상황.

"야…… 이거 완전히 골 때리네요."

무태식 변호사도 머리를 북북 긁으면서 말했다.

그도 여러 사건을 담당했지만 이것처럼 반대되는 증거만 있는 사건은 처음이었다.

"일단은 강간했다는 증거를 모으는 게 우선이겠지요."

노형진으로서도 그것 말고는 방법이 없어 보였다.

⚖

"괜찮은가요?"

"눼."

살짝 발음이 새는 대답. 아직 얼굴에 부기가 빠지지 않아서였다.

'사람을 얼마나 팼으면…….'

노형진은 여자의 얼굴을 보면서 혀를 끌끌 찼다.

"그쪽에서는 연락이 왔나요?"

"아뉘여. 아직여."

"그렇겠지요."

아마도 그 녀석은 자신이 강간한 거라 생각하지 않고 있을 것이다. 그러니 잊어버리고 살고 있을 것이다.

"김택용은 정보를 주지도 않고요?"

"출근 못 한 거, 벌금 매귄대여."

주먹을 꽉 쥐는 홍수영.

"그건 신경 안 쓰셔도 됩니다. 어차피 불법이니까."

"감샤훼요."

물론 계속 그쪽에 있으려면 신경을 쓰지 않을 수가 없다.

하지만 홍수영은 안당에게 도움을 청했고, 안당은 그녀를 도와주기로 했다.

이는 즉 그녀가 안당 계열의 업소로 옮긴다는 뜻인데, 이렇게 되면 아무리 김택용이라고 해도 그녀를 건드릴 수 없다.

안당에게 전쟁하자는 소리나 마찬가지이기 때문이다.

'그 녀석이 미치지 않고서야 전면전을 할 리 없지.'

물론 그 녀석도 업소가 적지 않다. 하지만 업소가 많다는 것과 위력은 전혀 다르다.

그 녀석은 업소와 돈만 많을 뿐이다. 그리고 그가 가진 인맥은 뇌물을 기반으로 한 유형이다.

그에 반해 안당은 뇌물뿐만 아니라 사회적으로도 그리고 인맥으로도 연결된 상황이다. 그녀의 소개로 승진하거나 그녀가 해결해 준 문제도 있고 그녀에게 약점이 잡혀 있는 사람들도 있을 것이다.

그런 상황에서 뇌물만으로 기반이 잡혀 있는 김택용은 절대로 전면전에서 안당 마님을 못 이긴다.

“일단 그 당시 사건을 자세하게 좀 이야기해 주시겠습니까?”

“그러뉘까…….”

차근차근 그 당시 이야기를 하는 홍수영.

노형진은 그녀의 손을 살짝 잡아서 진실성 여부를 확인했다.

안당이 아무리 눈치가 있다고 하지만 꽃뱀인지 아닌지는 그녀도 알 수가 없기 때문이다.

‘역시나…….’

그리고 그녀는 확실히 강간을 당한 게 맞았다.

“왜 그러쉐여?”

“아닙니다. 계속하세요.”

“그러뉘까…….”

보통 룸살롱은 업소에서 놀고 다른 곳으로 가는 과정을 거친다.

업소에서는 괜찮았다. 그런데 그 후에 올라가서가 문제였다.

바지를 벗었는데 공사한 것이 드러났고, 그녀는 그런 식으로 이물질을 박은 손님은 받지 않는다고 거절을 했다.

“그런데 돌변했어여.”

갑자기 자신에게 주먹질을 하면서 구타를 시작했다는 것.

저항하려고 했지만 남자를 여자가 이긴다는 것은 쉬운 게 아니었다.

비명을 질렀지만 남자는 멈추지 않았다. 그 후에는 바로 강간이 이어졌고.

"신고를 하려고 했나요?"

"해쪄. 그런데 그런 곳에서 신고가 되게써여?"

"될 리 없죠."

다른 곳도 아니고 2차를 나가는 술집이 경찰을 부르게 그냥 둘 리 없다.

홍수영이 일하는 술집은 건물을 통째로 룸살롱으로 쓰는 공간이다. 그런 곳에 경찰이 출동하면 그날은 하루 공치는 셈이다.

'그러면 억 단위 손해가 발생하겠지.'

결국 김택용과 그 일파는 신고를 막았다.

"나중에라도 하지요?"

"안 받아 주더라거여."

한숨을 폭 쉬는 홍수영.

집에 와서 신고하려고 했지만 경찰은 가해자가 누군지 모르면 안 된다고 접수를 거부했단다.

'그럴 리 없는데…….'

아무리 강간이 아는 사람 사이에서 벌어지는 확률이 높다고 하지만 전혀 모르는 놈이 강간하는 경우가 아예 없는 것은 아니다. 그렇기 때문에 일단 접수하고 경찰이 그들을 추적하는 것이 기본적인 규칙이다.

그런데 아예 접수를 거부한다?

'김택용이군.'

미리 손을 써 두지 않았다면 경찰이 접수를 거부할 이유가 없다.

즉, 그가 미리 손을 써 뒀다는 뜻이다.

현장에서는 자신이 고발을 막을 수 있을지도 모르지만 그녀가 집에 가면 신고할 거라 생각한 것이다.

'뭐, 그건 문제가 안 되는데…….'

노형진은 그 부분에 대해 약간 고민했다.

경찰이 핑계를 대면서 접수를 거부한다고 해도 접수할 방법은 많다. 검찰에 넣어도 되고, 다른 경찰서에 접수해도 된다.

문제는 그래도 결국 돌고 돌아서 현장 경찰에게 배치된다는 것이다.

검찰에 넣어도 결국 현장 수사관에게 떨어지고, 다른 곳에 넣어도 이관되어 현장 수사관에게 떨어진다.

"그 후에는요?"

"그 후에는 친구들한테 도움을 청했어요."

그냥 잊고 지나갈 수도 있다.

하지만 너무나 억울해서 친구들에게 도움을 청했고, 그중 한 명이 다행히 안당 마님의 계열에서 마담을 하고 있어서 그녀를 안당 마님에게 소개시켜 준 것이다.

"흠."

노형진은 그 이야기를 들으면서 고민에 빠졌다.

그럴 수밖에 없는 게, 그녀는 모르지만 그녀의 이야기는 너무나 많은 것을 담고 있었기 때문이다.

"아무래도 상당히 힘든 싸움이 될 것 같군요."

상대방이 누군지 모르지만 결코 쉬운 싸움은 아닐 것이 분명했다.

"어렵다고요?"

"네, 이번 사건은 쉽지 않을 겁니다."

노형진의 말에 무태식도, 손채림도 고개를 갸웃했다.

"왜요?"

"이야기를 하다 보니 상대방에 대해 상당히 많은 정보가 나왔거든요."

"많은 정보?"

"네, 그걸로 봐서는 상대방은 아마도 상당히 높은 자리에 있는 사람일 겁니다."

"높은 사람이라고? 그게 무슨 말이야?"

노형진의 말에 손채림도 궁금하다는 표정이 되었다.

상대방이 누군지는 알려지지도 않았다. 그런데 쉬운 싸움이 아니라는 그의 말이 이해가 가지 않았던 것이다.

"일단은 룸 내부에서의 행동."

피해자인 홍수영의 말에 따르면 룸 내부에서 술을 마실 때 그가 상석에 앉아 있었다고 했다. 그리고 그보다 나이 많아 보이는 사람들이 존대를 했다고 했다.

거기에다가 계산을 현금으로 했다고 했다.

"그게 왜 문제야?"

"일반적인 사회 상규라는 게 있으니까."

룸살롱은 절대로 싼 술집이 아니다. 그런 곳에서 술을 마시는 것은 쉬운 일이 아니다.

한 명당 수십만 원인데, 그곳에 자기 돈 주고 술 마시러 가는 놈은 진짜 부자인 셈이다.

"친구들끼리 돈 모아서 갈 수는 있어. 그런데 말이야, 나이 먹은 사람이 나이 어린 사람한테 존대했어. 이해가 가?"

"응?"

"상대방이 높은 자리에 있다는 뜻이야. 즉, 접대지."

"아!"

노형진이 설명해 주자 바로 이해가 간다는 듯 손뼉을 딱 치는 손채림.

무태식도 그 말을 듣고 나서야 이해가 가는 듯 고개를 끄덕거렸다.

"하지만 접대는 기업 간에도 하지 않습니까?"

상대방이 접대한다는 것은 갑과 을이라는 뜻이다. 그리고 그런 경우는 흔하다.

"일반적으로는요. 하지만 접대할 때는 상대방의 기분을 맞추는 것이 정석입니다. 아무래도 접대할 때는 그보다 낮은 직급의 사람을 보내죠. 그러면 대부분의 경우 갑은 나이가 많고 을은 나이가 적습니다. 그럴 수밖에 없죠. 승진을 하기 위해서는요."

"아!"

가령 갑인 회사에서 부장을 접대한다고 하면 을인 회사에서는 과장이나 대리가 나간다.

애초에 접대를 한다는 것 자체가 남의 기분을 맞추는 것이기 때문에 상대방보다 나이 많은 사람을 보내는 것 자체가 예의가 아니거니와, 사회구조상 승진을 하기 위해서는 나이가 좀 있어야 하기 때문이다.

'상대방이 회장님 자녀가 아닌 이상에야 말이지.'

하지만 그 술집이 비싸다고 하지만 회장님 자녀가 가기에는 급이 낮은 것이 사실.

즉, 상대방이 회장님 자녀일 가능성은 낮다.

"하지만 공무원 세계는 그게 아니죠."

공무원 세계는 9급 공무원부터 시작해서 8급으로 올라가고 7급으로 올라가는 형태의 승진 체계가 아니다.

물론 승진이 있기는 하지만 그건 내부적인 것이고, 상당수의 경우 따로 시험을 본다.

"당장 5급 공무원 시험이 따로 있으니까요."

9급으로 시작해서 올라가는 경우 사실 5급까지만 올라가도 기적이라고 할 정도로 승진이 힘들다.

그에 반해 5급 공무원이 되면 한 단계만 올라가도 4급이다.

"그리고 가해자의 나이나 상황을 봐서는 4급 같습니다. 3급부터는 고위 공무원이라, 그들에게 접대하기에 이곳은 좀 급이 낮거든요."

노형진이 듣기로 가해자의 나이는 대략 30대 후반이라고 했다. 그 나이에 5급 공무원일 수는 없다.

하위직으로 들어가서 승진했다고 보기에는 너무 어리고, 그렇다고 이번에 합격했다고 보기에는 나이가 많다.

따라서 5급으로 합격해서 4급으로 승진한 사람이라는 뜻이 된다.

"4급이면 어느 정도인데?"

"대략 구청장급이라고 보면 돼. 지금이야 지방자치를 한다고 해서 따로 뽑지만 말이야."

"헐."

구청장이라고 하면 상당한 권력을 가진 자리다. 그러니 상대방이 쉬운 대상은 아니다.

"더군다나 접대했다는 것 자체가 자주 만나야 하거나 부탁을 해야 한다는 거니 실무자들이라는 뜻이지."

"힘든 싸움이겠군요."

노형진은 고개를 끄덕거렸다.

같은 직급이라고 해도 다 파워가 같은 건 아니다. 힘이 있는 자리도 있고 힘이 없는 자리도 있다.

접대를 받았다는 것은 상당한 힘을 자랑하는 자리에 있다는 뜻이다.

"그 나이에 4급에, 중요직이라……."

"백이 있다는 거지요."

"연락처를 모르는 거 아냐?"

"연락처를 모를 수가 없어. 설사 진짜로 모른다고 해도 이렇게 결사적으로 막을 리 없지."

"그런가?"

"그래."

이런 업소는 소위 박스로 운영된다.

무슨 뜻이냐면, 실장이 데리고 온 손님은 그 실장 수입이라는 뜻이다.

즉, 접대를 위해 그들이 갔다면 그들의 연락처를 아는 실장이 있다는 소리다.

업체에서 접대를 하는데 검증도 되지 않은 곳으로 그들을 보낼 리 없으니까.

"그리고 현금으로 계산했다는 것도 의심스럽고."

"현금? 그게 왜?"

"성매매 특별법 때문에 그런 거 아닙니까? 카드 쓰면 걸릴까 봐서요."

"그건 어디까지나 개인이지요."

만일 단속되어서 걸리면 가장 먼저 하는 것이 해당 업소에 대한 카드 내역 조회다.

그래서 거기에 자주 가는 사람들은 카드를 쓰지 않는다.

다 현금으로 내고, 그렇게 현금으로 들어온 것은 업소에서 신고를 안 하고 탈세한다. 그게 일반적인 경우다.

"하지만 기업에서는 아니죠."

기업은 법적으로 해당 기록을 경비 처리해서 감면받을 수 있다.

사람들은 잘 모르지만 대한민국 법률상 합법적으로 로비에 쓸 수 있는 일종의 기밀 비용을 인정하기 때문이다.

그러니 한두 푼도 아니고, 카드로 긁고 나서 세금 감면을 받는 게 유리하다.

"그런데 접대인데도 불구하고 현금으로 계산했다는 것은 걸리지 않겠다는 뜻이거든요."

경비 처리 대신에 안전을 확보하겠다는 뜻이다.

"아."

"일반적인 공무원이면 그렇게까지 보호하지 않죠."

법인 카드라는 것이 애초에 누가 썼는지 알 수가 없다. 그래서 성매매 특별법으로 고발할 수조차 없다.

물론 누가 썼는지 기업에서는 알겠지만, 그걸 신고할 리 없지 않은가?

더군다나 쓴 건 직원이지, 접대 대상이 아니다.

즉, 접대 대상이 누군지도 모르고 성매매 특별법으로 고발할 수도 없다.

그런데도 카드 대신에 현금을 썼다는 것은 절대로 상대방을 드러나게 하지 않겠다는 의사이다.

"그렇다면……."

"상대방이 정치권에 들어갈 가능성도 존재한다는 거지."

"으음."

두 사람의 얼굴이 창백해졌다.

그런데 틀린 말은 아니다.

노형진의 추론대로라면 30대 후반에 벌써 4급이라는 건데, 그 정도면 누군가의 도움이 없으면 승진하기 힘들다. 어떻게 승진할 수는 있지만 이렇게 접대받고 다닐 만큼 중요한 자리에 배치되는 것은 더욱 힘들다.

"4급이면 서기관급이야. 그러니 실질적으로 실무를 총괄하는 자리지."

"후우."

노형진의 추론을 들으면서 고민하는 두 사람.

"그리고 증거는 또 있어."

"또?"

"그래. 전에 말했잖아, 2차가 이루어지는 업소에는 직원이 상주한다고."

"그래서?"

"모텔이 아무리 방음한다고 해도 그렇게 크게 비명을 지르는데 외부에서 모를까?"

"응?"

"모텔의 방음 수준은 뻔해."

아예 하지 않지는 않을 테지만 누군가 비명을 지르면 들릴 정도는 된다. 그리고 거기에는 조폭들이 배치되어서 수시로 안전을 확인한다.

"홍수영 씨 말로는 그들이 오지 않았다고 했어."

"크흠."

"내 생각에는 알면서도 밀어 넣은 것 같아."

"뭐?"

"그게 무슨 말입니까?"

그건 진술서에 없었던 말이었기 때문에 두 사람은 깜짝 놀랐다.

"이야기하다가 기억났다고 하더군요."

구타를 시작하자 그녀는 비명을 질렀다.

그러나 누구도 오지 않았고, 그녀는 사력을 다해서 가해자를 밀어내고 문을 열고 도망치려고 했단다.

그녀는 자신이 다급해서 제대로 못 연 거라고 생각하는 것 같지만.

"하지만 문이라는 게 갑자기 그렇게 고장 났다가 고쳐지는 물건이 아니거든."

그녀는 문을 밀었지만 문이 열리지 않았다. 그게 그녀의 기억이었다.

"결국 문에다가 뭔 짓을 했다는 거지."

"헐."

"생각해 봐. 그들이 거기에 있는 이유는 이런 상황에서 여자를 보호하기 위해서야. 그런데 방치했어. 아니, 방치라기보다는 도리어 도와줬지. 왜일까?"

"끄응."

만일 상대방이 일반인이었다면 아마도 그들이 손님을 끌어내서 개 패듯이 패고 쫓아냈을 것이다.

실제로 간혹 그런 경우가 종종 벌어진다.

남자가 술을 먹으면 발기가 안 되는 경우가 간혹 있는데, 그중에 돈을 다시 내놓으라고 술에 취해서 깽판 치는 녀석이 있는 것이다.

그리고 그런 경우 그들의 결말은 비슷하다. 두들겨 맞고 쫓겨나거나 무전취식으로 경찰서행.

"그리고 그 방도 의심스럽고."

"뭐가? 무슨 몰래카메라라도 있다는 거야?"

"그게 아니야."

"그게 아니라고?"

"그래. 무려 그 방에 욕조가 있었단다. 거기에다 화려하더래."

"엥?"

그게 뭐가 의심스럽냐는 표정이 되는 손채림.

그에 반해 무태식 변호사는 상당히 의심스럽다는 표정이 되었다.

"와, 뭐야? 남정네 두 명만 아는 거야? 더러워라."

"그런 게 아니야. 우리는 과거에 비슷한 사건을 해결한 적이 있으니까."

"해결?"

"그래. 뭐, 넌 잘 모르겠지만 중요한 건 뭐냐면, 술집과 계약된 모텔들은 돈을 그다지 들이지 않아. 그럴 이유가 없지. 주 수입원은 술집이지, 자고 가는 사람들이 아니니까."

그래서 그다지 시설 관리에 신경 쓰지 않는다.

특히나 욕조 같은 것은 설치하지도 않는다. 부피만 크니까.

"즉, 따로 준비된 방이라는 거지."

"따로 준비된 방이라고?"

"그래. 그리고 그녀가 나올 때까지 대략 시간을 계산해 보니 한 시간 정도 걸렸어."

"그런데?"

"그녀도 나중에 깨달았지만 이건 생각보다 큰일이거든."

그런 식으로 방에 올라가서 무작정 시간을 보내는 것이 아니다.

대부분의 업소는 정해진 시간이 있어서 그 시간이 되면 콜을 한다. 그리고 연락이 없으면 사람을 보낸다.

그런데 이 사건에서는 그런 일이 전혀 없었다. 즉, 그냥 방치하고 있었다는 뜻이다.

“일반인일 가능성은?”

“전혀.”

애초에 일반인이라면 자신들에게 오기 전에 사건이 끝났을 것이다.

아니, 현장에서 조폭들에게 구타당하고 쫓겨났을 것이다.

“과연 누굴까?”

“글쎄.”

그게 누구인지 알 수는 없지만 확실한 것은 그가 보호받고 있다는 뜻이다.

“결국 찾을 수는 있겠지.”

노형진은 멍하니 창밖을 보면서 중얼거렸다.

표정은 멍하지만 그는 알고 있었다, 진정한 싸움은 그다음부터라는 것을.

강간은 강간이지

"찾았습니다."

노형진은 고문학에게 범인의 정보에 대해 알아봐 달라고 했고, 얼마 후에 고문학은 가장 의심스러운 사람을 찾아낼 수 있었다.

아무리 무마되었다고 하지만 그런 일은 뒤 세계에서 이야기가 없을 수가 없기 때문이었다.

"황재수라……."

인터넷에 있는 사진을 출력한 거라 빙긋 웃고 있는 그 모습은 이런 일을 저지를 인간으로는 보이지 않는다.

하지만 그 내면은 어마어마하게 뒤틀려 있으리라.

"금방 찾으셨군요."

"노 변호사님이 예측한 기준을 가진 사람은 상위 1%입니다. 하물며 지방 사람이 여기까지 와서 접대받을 리는 없으니까요. 그렇게 걸러 내니 거의 사람이 안 남더군요."

"하긴."

노형진은 고문학이 넘겨준 기록을 살펴보기 시작했다. 역시나, 한숨부터 나왔다.

"예상대로군요."

황재수는 4급 공무원으로, 소속은 조달청으로 되어 있었다.

"조달청이라……."

입에서 저절로 한숨이 나왔다.

조달청은 말 그대로 정부에 물품을 공급하는 곳이다.

정확하게는, 정부에서 사용하는 모든 물품은 조달청을 통해 공급되게 되어 있다.

"그게 문제인 거야?"

조달청이라는 이름을 처음 듣는 손채림은 어리둥절했다. 유명한 부서가 아니니까.

"그다지 힘이 있는 부서가 아닌 것 같은데? 무슨 금융이니 산업이니 그런 데가 더 힘이 있지 않아?"

"그런 건 유명하기는 하지. 하지만 노른자위는 조달청이야."

"응? 어째서?"

"생각해 봐. 국가에서 사용하는 일반적인 용품들은 다 조달청을 통해 공급돼. 반대로 말하면, 정부가 뭔가를 쓰기 위해서는 조달청을 통해 사야 한다는 거지."

"그런데?"

"그 양이 얼마나 될 것 같아?"

"아!"

조달청은 일반적인 사람들에게는 잘 알려지지 않은 이름이다.

그러나 사업하는 사람들, 특히 국가를 상대로 뭔가를 납품하는 사람들에게는 사신만큼이나 무서운 존재다.

"그들이 사는 양은 그냥 10개, 20개 단위가 아니야. 못해도 천 단위가 넘어간다고."

물건마다 수명이 있고 정부에서는 그렇게 수명이 다한 것을 바꿔야 한다. 그리고 그걸 공급하는 것이 조달청이다.

그러니 매년 그들은 어마어마한 기자재를 사야 한다.

화장실 휴지부터 볼펜, 노트북, 텔레비전, 냉장고, 의자, 책상 등등 그 모든 게 조달청을 통한다.

"그리고 현행법상 그런 물건들은 중소기업 우선 정책을 쓰거든."

대기업이야 조달청을 통해 파는 양이 얼마 되지 않는다. 심지어 그들은 공사와 용역도 담당한다.

"산업이니 금융이니 하는 자리도 중요하지만 조달청은 알려지지 않은 노른자위야."

도리어 어떻게 보면 그들보다 더 핵심인 자리일 수도 있다.

그런 곳은 정책에 따라 상황이 바뀔 수 있지만 조달청은 정부가 존재하는 한 존재해야 하기 때문이다.

"이해가 가네."

그 나이 많은 사람들이 그에게 굽실거릴 수밖에 없었던 이유. 그건 그가 조달청 사무관이기 때문이다.

사무관이면 중소기업 하나 날리는 것쯤은 일도 아니다.

당장 선을 끊어 버리면 중소기업의 입장에서는 엄청난 손해를 볼 수밖에 없는 것이다.

"음."

그들의 눈치를 보는 것은 정부 기관도 마찬가지다.

일을 하기 위한 물품을 거기서 이런저런 핑계를 대면서 안 보내 주면 여러모로 곤란하기 때문이다.

"이 사람이 확실합니까?"

"네. 피해자분에게 사진으로 확인했습니다."

나이 스물아홉 살에 5급을 합격한 그는 서른네 살에 4급이 되었다. 그리고 지금은 36세.

초고속 승진이라고 할 수 있다.

"흠."

노형진은 사진상의 황재수를 물끄러미 바라보았다.

"그럼 신고하면 되는 건가?"

"무리야. 증거가 없잖아. 그리고 상대방은 반대 증거가 넘치지."

그날 접대했던 자들은 무슨 일이 일어났는지 알 것이다.

그러나 그들은 증언하게 된다면 위증할 수밖에 없다. 그들의 입장에서는 자기들의 기업을 살려야 하니까.

"뒤를 누가 봐주는지 알아냈습니까?"

상대방이 누구냐에 따라 대응책이 바뀐다. 그리고 그 뒤를 들었을 때, 노형진은 어리둥절한 얼굴이 되었다.

"오상거입니다."

"오상거요? 그게 누굽니까?"

"속칭 '상어'라고 불리는 녀석인데, 정치 깡패입니다."

"정치 깡패요? 아직도 그런 놈들이 있습니까?"

노형진은 어이가 없다는 듯 물었다.

그럴 수밖에 없는 게, 정치 깡패라는 건 반대 측 정치인을 기습해서 폭행을 가하거나 선거운동을 방해하거나 상대방 사무실을 부수는 방식으로 과거에 활동했던 녀석들이기 때문이다.

"정치 깡패는 아직 존재합니다. 방식은 다르기는 하지만요."

"으음."

노형진은 입을 다물었다.

'그런 줄은 몰랐는데…….'

의식적으로 정치 쪽과 선을 그으려고 했기 때문에 정치 쪽에 대해서는 큰 흐름을 제외하고는 잘 알지 못한다. 그래서 그런 녀석들의 존재도 모를 수밖에 없다.

"요즘은 시위에 인력을 동원하거나 여론조사를 조작하는 방식으로 움직입니다. 아니면 서명운동을 조작하거나."

"설마 가스통 할배?"

"뭐, 비슷합니다. 지금은 과거처럼 대놓고 폭력을 행사하지 못하니까요."

"음."

노형진은 대충 이해가 갔다.

정치 깡패가 공식적으로는 존재하지 않는다고 하지만 실제로는 존재한다. 정부에서는 그들을 적극적으로 이용하고 말이다.

자신들에게 불리한 시위를 할 때 맞불 집회를 한다거나 여론을 조작한다거나 하는 식으로.

'하긴…… 상식적으로 안 그럴 수가 없지.'

노형진은 과거에 자신과 싸웠던 장군을 떠올렸다.

그는 노형진에게 지고 나서 군에서 해직당했다. 그 후에 시위에 갔다가 실수로 가스통에 불을 붙이고는 불타 죽었다.

'생각해 보면 이상한 일이었어.'

80킬로그램짜리 가스통은 사실상 폭탄이나 마찬가지다.

불을 붙인 사람은 그였지만 그 가스통을 동원한 건 그가 속해 있던 시위대였다. 그런데 누구도 처벌받지 않았다.

사실 그들이 상대방 시위대를 폭행하는 경우는 흔하게 벌어지는데, 단 한 번도 그들이 처벌받았다는 소리를 들은 적이 없다.

"그러면 오상거는 황재수와 무슨 관계가 있는 거죠?"

"일종의 정치적 동반자죠. 오상거는 우국회라는 보수 단체를 운영합니다."

"우국회라……."

요즘 언론에 많이 나오는 시위 단체라는 것이 기억났다.

'대충 그림이 나오는군.'

우국회는 정부에서 지원받고 정치 깡패 노릇을 한다.

그러니 문제는 그렇게 해서는 언제 끈 떨어진 연 신세가 될지 모른다는 것이다. 그 돈을 먹으려고 하는 놈들은 많으니까.

'그걸 막기 위해서는 내부에 사람을 심어 놔야지.'

그들은 상생하는 구조다.

정치인은 그들에게 돈이 갈 수 있도록 예산을 집행하고, 그중 일부는 정치인에게 다시 돌아간다.

"황재수를 정치적으로 성장시킬 목적이겠군요."

"네."

"흠."

그러면 황재수가 그렇게 급속도로 성장한 것도 이해가 간다.

더군다나 정치권의 입장에서도 그를 밀어줘야 하니 한두 명의 청탁보다는 집단적으로 압력을 행사해서 그를 심어 놨을 것이다.

"조사한 것에 따르면 다음 선거에서 출마할 가능성이 높다고 하더군요."

"그렇겠지요."

그러면 우국회의 정치인들은 서로 더욱 끈끈하게 연결될 것이다.

"어떻게 하실 겁니까? 상대방이 좋지 않습니다. 힘들겠어요."

고문학은 사실대로 말했다.

상대방이 정치인 한 명이어도 영 껄끄러운데 이건 우국회와 특정 정당이 지지하는 인간이다. 그런 녀석을 상대하는 건 어려운 일이다.

"다행이군요."

"뭐라고요?"

"이번 싸움은 좀 만만하겠습니다."

고문학은 입을 쩍 벌렸다.

"만만해요?"

"네. 솔직히 어떻게 입증하나 고민했거든요. 그런데 이건 만만하겠어요. 쉽게 갈 수 있을 것 같네요."

"노 변호사님을 못 믿는 건 아니지만, 이게 만만하다고요?"

어이가 없어서 허허 웃는 고문학.

노형진은 그런 그를 보면서 피식 웃었다.

"네. 차라리 이 녀석이 정당이 없이 혼자서 그 자리에 올라간 녀석이면 상당히 골치 아프겠지만 정당이 도와준다고 하니 상당히 쉬울 겁니다."

"지금 농담하십니까? 상대방은 정당인입니다! 정당인!"

"그래서 더 쉬운 거죠. 그 녀석 자리가 참 애매한 자리거든요."

노형진은 씨익 웃으면서 말했다.

"우리 입장이 아니라 상대방의 입장에서 생각해 보세요. 그러면 됩니다."

"헐, 그렇다면 방법이 있다는 말씀?"

"네, 후후후. 그건 제가 알아서 하겠습니다."

노형진은 피식 웃으면서 말했다.

이미 그의 머릿속에는 황재수의 파멸이 그려지고 있었다.

손채림은 우국회의 정보를 가지고 왔다. 그런데 노형진의 말은 단호했다.

"이번에는 우국회의 정보는 필요 없어."

"뭐라고?"

"이번 사건에서 우국회는 필요 없어. 솔직히 이번에는 다 필요 없을걸."

"무슨 말도 안 되는 소리야? 상대방이 누군지는 알잖아?"

고문학에게 대충 듣기는 했다. 그런데 진짜로 정보가 필요 없다니.

“어차피 이 사건에 우국회가 끼어들 자리는 없어. 도리어 그들을 끼어들게 하면 여러모로 우리가 불리하지. 그러니까 우리는 그들을 빼고 사건을 진행해야 돼.”

“우국회를 빼고? 경찰에 신고하겠다는 거야? 그건 불가능하다는 소리 못 들었어?”

이미 경찰에 신고하려고 했지만 경찰은 접수 자체를 거부했다. 설사 한다고 해도 수사가 진행될 가능성은 제로다.

더군다나 홍수영이 술집 여자이고 2차를 나간 상황에서 이루어진 강간인지라 문제가 많다. 당장 이런 식이면 경찰에서는 혐의 없음으로 나갈 것이다.

“알아. 애초에 주변에서 강간으로 보지 않겠지.”

강간은 엄밀하게 말하면 상대방이 거절을 한 순간 바로 발생한다고 봐야 한다.

아무리 상대방이 술집 여자라고 해도 관계를 거부했다면 그건 강간이다.

“알면서 그래?”

“하지만 증언이 있으면 이야기는 좀 쉽지.”

“뭐? 증언? 누가 증언해 준다는 거야?”

“황재수가 해 줄걸.”

어이가 없다는 표정이 되는 손채림.

자기가 직접 증언하다니? 미쳤다고 누가 그런단 말인가?

"아니, 그 애가 미쳤냐? 자수하게?"
"자수가 아니라 증언이라니까."
"뭐?"
"일단은 그러려면 도발을 해야지."
"도발? 강간으로 도발해 보려고?"
"아니, 다른 걸로 도발해 볼 거야. 쉽게 가려고."
"쉽게? 설마 그 녀석의 약점이라도 알고 있는 거야?"
손채림은 깜짝 놀랐다.
자신도 이제야 황재수를 조사하고 있는데 벌써 그 녀석의 약점을 안단 말인가?
"아니, 모르는데."
"뭐?"
노형진은 피식 웃었다.
"그런 건 말이야, 알 필요가 없지. 후후후."
"알 필요가 없다고?"
협박하겠다면서 그의 약점을 알 필요 없다는 노형진의 말에 손채림은 어리둥절한 얼굴이 될 수밖에 없었다.

황재수는 편지를 받아 들고 부들부들 떨었다.
"이런 개새끼."

다른 곳도 아니고 직장에서 그거 그렇게 분노에 떨자 다들 어리둥절한 얼굴로 바라보았다.

"왜 그러십니까, 황 사무관."

"아…… 별거 아닙니다."

이를 빠드득 갈던 그는 누군가 묻자 마치 별거 아닌 것처럼 얼굴을 바꿨다.

하지만 잔뜩 꾸겨진 편지는 별게 아니라는 그의 말이 거짓임을 대변하고 있었다.

'뭐, 상관없지.'

그걸 보고 주변에서는 어깨를 으쓱했다.

쓸데없이 엮이면 자기만 곤란하다. 그걸 그들은 알고 있다.

공무원들이 제일 싫어하는 것이 쓸데없는 일에 엮이는 것이다.

"그래요? 뭐, 알겠습니다."

눈 가리고 아웅 한다는 걸 알지만 엮이기 싫어서 슬쩍 나가 버리는 동료.

그리고 그걸 알면서도 황재수는 이를 악무는 것 말고는 할 수 있는 게 없었다.

"너야, 이 새끼야?"

아무도 없는 폐공장 터. 그곳에 황재수가 나타났다.

하지만 깔끔한 복장이 아니라 청바지에 점퍼를 입은 모습이었다. 심지어 얼굴에는 마스크까지 쓰고 있었다.

"오셨네요, 황재수 씨."

노형진은 구석에서 건들거리면서 땅콩을 까먹다가 히죽 웃으면서 일어났다.

"이 새끼가 미쳤나?"

"미치다니요. 좋은 것 좀 나누자는 것뿐인데."

"허? 너, 내가 누군지 알고 그러는 거야?"

"알지요."

평소의 노형진과는 다른 모습.

그는 히죽 웃으면서 황재수를 바라보았다.

"누군지 아니까 나누자는 거 아닙니까?"

황재수는 눈을 찌푸렸다.

맞는 말이다. 그는 정확하게 자신의 회사 주소로 이름과 직책을 써서 보냈다. 그러니 자신을 알고 있다는 뜻이다.

"뇌물로 몇억씩 해 처먹었으면 나눌 줄도 아셔야지."

"뭐?"

"수영이가 일을 못 하는 바람에 얼마나 손해가 큰지 아십니까? 합의금은 주셔야지요."

"이런 미친 새끼."

이를 빠드득 가는 황재수.

"강간 같은 소리 하고 자빠졌네. 술집 년이 한 이야기를 누가 믿을 것 같은데? 그러니까 누가 술집 계집 주제에 다리 벌리지 말래?"

"구슬 박은 남자랑 하면 사흘은 공쳐야 하거든요."

"내 알 바 아니지."

황재수는 피식 웃었다.

"많이 안 바랍니다. 딱 5천만 주세요, 깔끔하게 떨어질 테니."

"지랄."

그는 돈을 줄 생각이 없었다.

"거기서 일하는 새끼인가 본데, 세상에 술집 계집 강간했다고 해도 사람들이 믿어 줄 것 같아? 그러니까 순순히 다리를 벌렸어야지. 그리고 너, 사람 잘못 봤어."

"믿고 안 믿고가 중요한 게 아니죠. 하기 싫다는 걸 두들겨 패고 강간하셨잖아요?"

"흥! 그래서? 어차피 아무한테나 다리 벌려 대는 년인데. 신고해 봐. 내가 그 정도도 무마 못 할 줄 알아?"

황재수는 비웃음을 날렸다.

"진짜 이러시기입니까?"

"보아하니 일하다가 쫓겨난 모양인데……."

얼마 전에 소식을 듣기는 했다, 강간을 신고하려다가 중간에 차단당했다고.

경찰이 알아서 막아 주는데 그가 겁을 낼 이유는 없었다.

"넌 그 선택을 후회하게 될 거다."

그렇게 말하고는 등 뒤로 손을 까딱이는 황재수.

그러자 문 뒤쪽에서 건장한 남자 네 명이 슬며시 모습을 드러냈다.

"이러시깁니까?"

"이러시기다, 이 새끼야! 강간 같은 소리 하고 자빠졌네. 뽕 가게 해 줘도 불만이야? 야, 밟아!"

천천히 앞으로 나오는 남자들.

그들은 목과 손을 꺾어서 우드득 소리를 내면서 다가왔다. 그런 그들의 손에는 각목이 들려 있었다.

"당신, 후환이 두렵지도 않아?"

노형진은 그걸 보고 떨리는 목소리로 말하면서 주춤주춤 뒤로 물러났다.

"너 같은 거 하나 조지는데 후환은 무슨. 술집 년 하나 강간했다고 무슨 후환이야? 일단 너부터 조지고 그년을 조져야겠다. 술집 년치고는 쓸 만하던데 말이야."

히죽거리면서 웃는 황재수.

노형진의 눈이 확 돌아갔다. 그는 갑자기 소리를 버럭 질렀다.

"싯팔! 네가 저지른 거 내가 다 알아! 확 다 까발린다! 네놈이 저지른 게 강간뿐이라고 생각해? 내가 병신인 줄 알아, 그거 하나 믿고 여기까지 오게?"

"뭐?"

갑자기 변한 노형진의 행동에 어리둥절한 표정이 되는 황재수.

노형진은 그런 그에게 계속 소리를 질렀다.

"가게에 같이 온 새끼들이 자기 돈으로 술 사 주는 병신은 아닐 거 아냐? 그 정도 돈이 걸려 있으면 나 같아도 접대하겠네!"

노형진은 도망은커녕 도리어 도발했다.

그리고 그 말을 들은 황재수는 얼굴이 딱딱하게 굳었다. 적당히 손보고 넘어가려고 했는데 생각지도 못한 말이 튀어나왔던 것이다.

그 정도 돈이라니. 그건 거기에서 있었던 대화를 알고 있다는 뜻이었다.

"너 이 새끼, 녹음까지 박아 둔 거냐?"

간혹 이런 작자들이 있다는 건 알고 있다. 그래서 언제나 조심하려고 했다.

하지만 그런 룸살롱에는 녹음기를 숨겨 둘 공간이 너무나 많았다. 누군가 돈을 뜯어낼 생각으로 심어 두면 답이 없을 정도였다.

'이런 싯팔…….'

간단하게 손봐 주려고 했던 황재수는 머릿속이 복잡해졌다.

만일 녹음한 게 사실이라면 더 문제다.

"내가 네놈을 모른다고 생각해? 다른 사람들은 이거 비싸게 주고 살 것 같은데?"

히죽 웃는 노형진을 보고 황재수는 점점 얼굴이 굳어져 갔다. 그게 사실이기 때문이다.

"너…… 녹음한 거 있냐고 물었다."

나지막하게 묻는 황재수.

녹음한 게 사실이면 여러모로 복잡해진다.

그런 황재수를 보면서 노형진은 속으로 씨익 웃었다.

'걸렸구나.'

물론 녹음 파일은 없다. 그러나 상대방은 그걸 모른다.

"어차피 아니라고 해도 안 믿을 거 아냐?"

그러면서 자신의 핸드폰을 흔드는 노형진.

그리고 그게 무슨 뜻인지 알아챈 황재수는 얼굴이 사색이 되어서 말했다. 그의 표정은 어느 때보다 더 딱딱해졌다.

"죽여."

"네?"

막 노형진에게 다가가던 남자들은 움찔했다. 원래 죽이라는 말은 없었기 때문이다.

"저 새끼, 죽이라고!"

"손봐 주라는 말씀이십니까? 그거야 아까도……."

"아니, 죽이라고, 이 새끼들아! 저 새끼가 뭐를 쥐고 있는지 못 들었어!"

남자들은 얼굴을 찌푸렸다. 살인은 영 켕겼기 때문이다.

"아무리 재수 님이라고 해도 그건 좀……. 차라리 저 핸드폰을 빼앗죠."

"야, 이 병신 새끼들아! 저 새끼가 핸드폰으로 녹음했겠냐! 어디 원본이 있을 거 아냐! 저거 사본일 게 뻔한데 그거 빼앗어서 어쩔 건데? 가서 저 새끼가 꼰지르면? 저 새끼가 녹음한 거 새어 나가면 그 뒤에 어떻게 될 거라고 생각해? 나만 다치는 줄 알아!"

남자들은 얼굴이 딱딱해졌다.

맞는 말이다.

저렇게 당당하게 이야기하는 걸 보니 어디서 얼마나 녹음했는지 알 수는 없다. 어느 쪽이든 파일이 드러나면 상당히 곤란할 수밖에 없다.

더군다나 녹음기가 설치되어 있다면 저건 무조건 사본이다. 즉, 빼앗아 봐야 의미가 없다.

"죽여! 빨리!"

"하아!"

선두에 선 남자들 중 한 명이 한숨을 푹 쉬더니 주먹을 꽉 쥐었다.

"일단 죽일 수는 없고, 반병신을 만들어 놔. 그럼 뒈지기 싫어서라도 녹음 파일을 넘기겠지."

"네, 형님!"

말이 끝나기 무섭게 다가간 그들은 노형진을 에워쌌다.

"죽여! 당장 죽여 버려!"

그리고 그들 뒤에서 길길이 흥분하는 황재수.

노형진은 그런 그를 보면서 혀를 끌끌 찼다.

"넌 아무래도 정치인 되기는 힘들겠다."

"뭐라고?"

"뭘 이딴 걸 가지고 흥분하니? 너 후원하는 사람들이 너 이런 거 아니? 그러고 보니 그분들도 우리 가게에 자주 오지 않았나?"

말을 들을수록 황재수는 더욱 두려움이 몰려왔다.

도대체 얼마나 아는 건지 알 수가 없을 정도였다.

더군다나 이건 자신만의 문제가 아니다. 자신을 녹음했다면 당의 어르신의 발언도 녹음되었다는 뜻이다.

'만일 그게 터지면…….'

자신뿐만 아니라 당 차원에서도 여러모로 문제가 생긴다. 그렇게 되면 그 원인을 제공한 자신은 파멸이다.

"절대로 살려 주면 안 돼! 죽여!"

"크흠."

그리고 남자들도 곤란하다는 얼굴이 되었다.

이 정도까지 알고 있을 줄은 몰랐던 것이다.

정치권까지 녹음했다는 건 이만저만 미친놈이 아니라는

뜻이다.

가끔 협박으로 돈 뜯어내려고 하는 새끼들이 있기는 하다. 대부분 경찰 선에서 끝나기는 하지만, 아예 막장으로 나가는 녀석들을 해결하는 방법은 하나뿐이다.

"안 되겠다. 오늘 시체 좀 치워야겠다."

그들은 결심한 듯 말했다.

비밀을 영원히 묻어 버리는 데에는 결국 이것만 한 게 없으니까.

"또요?"

"싯팔, 간혹 이런 새끼들이 있다니까."

마음먹은 건지 뒷주머니에서 칼을 꺼내 드는 남자.

노형진은 그걸 보고 갑자기 고래고래 소리를 질렀다.

"사람 살려! 살려 줘요!"

"흥, 멍청한 자식. 이런 시골의 폐공장에 누가 온다고 비명이야. 네가 당할 건 생각 안 한 거냐?"

피식하고 웃으면서 칼을 들고 다가오는 남자.

하지만 채 네 걸음도 가기 전에 몸이 우뚝 멈출 수밖에 없었다.

"꼼짝 마. 손들어."

어둠 속에서 들린 목소리.

"경찰이다."

신분증을 앞으로 내밀고 나오는 경찰의 모습에 그들의 얼굴은 잔뜩 일그러졌다.

"이…… 이런 싯팔."

남자들뿐만 아니라 황재수 역시 얼굴이 일그러졌다. 설마 여기에 경찰이 나올 줄은 몰랐던 것이다.

그는 튀기 위해 몸을 돌리려고 했다.

하지만 이미 폐공장의 입구에는 여러 명이 나타나고 있었다.

'당했다.'

시골에 있는 폐공장이라고 하지만 제대로 담이 있는 곳이다. 그리고 입구는 유일하게 하나뿐.

바로 그곳을 경찰이 지키고 있었다.

"증언 땡큐."

노형진은 웃으면서 품 안에서 뭔가를 꺼내서 흔들었다.

그리고 그걸 들은 황재수는 얼굴이 사색이 되었다.

"자, 순순히 손 내밀지? 경찰이 상당히 기대하는 표정인데."

노형진의 말에 황재수는 이를 박박 가는 것 말고는 할 수 있는 게 없었다.

"어떻게 걸릴 걸 안 거야?"

손채림은 노형진의 말에 어이가 없었다.

협박을 한다고 해서 뭔가 쥐고 있는 줄 알았다. 그런데 아무젓도 없었다. 그런데 거기서 걸린 거다.

"이 상황, 설명 좀 해 주시겠습니까?"

무태식 역시 이해가 가지 않았다.

아무리 봐도 어려운 사건이었는데 뜬금없이 살인미수로 잡혀가는 황재수를 바라보면서 어떻게 된 상황인지 이해가 가지 않았던 것이다.

더군다나 스스로 강간까지 증언해 버렸다.

"간단해요. 그들의 심리를 역이용한 겁니다."

"역이용요?"

"네, 우리가 아는 건 황재수가 접대받았다는 겁니다. 그렇지요?"

"네."

그것 말고는 황재수에 관련된 약점이 없다.

그런데 고작 그것만으로 그가 저런 식으로 나올 거라고는 상상도 못 했다.

"전 그걸 이용해서 도둑이 제 발 저리게 만든 것뿐입니다."

"도둑이 제 발 저려요?"

"네, 그가 접대받은 건 사실 공공연한 비밀이지요."

"그렇지요."

무태식은 고개를 끄덕거렸다.

그런 자리에 있는 사람이 접대를 받는 것은, 대놓고 이야기하지는 못하지만 실제로 많은 사람들이 알고 있는 부분이다.

“하지만 공공연한 비밀은 말 그대로 비밀이지요. 누구나 다 예상은 하지만 아직은 비밀의 가치를 가지고 있는 거죠.”

즉, 누구나 알고 있지만 실제로 언급하는 사람은 없는 상황에서 백일하에 드러나 버리면 문제가 된다는 뜻이다.

“전 그 점을 이용한 겁니다. 지원을 받아서 올라간 녀석이 깨끗할 리 없으니까요.”

차라리 진짜 자신의 능력으로 올라간 자라면 노형진으로서는 참으로 답이 없었을 것이다.

하지만 남의 도움으로 쉽게 자리를 차지한 녀석이기 때문에 그 점을 쥐고 흔들자 바로 경험 미숙이 튀어나온 것이다.

“헐?”

아무것도 없는 상황에서 고작 그 한마디에 흔들리다니?

“거기에 낚인다고? 바보 아냐?”

“경험 미숙이지.”

“경험 미숙?”

“그래. 게임으로 치면 버스로 만렙 단 셈이거든.”

만일 그가 치열한 정치 싸움을 거쳐서 직접 올라간 자라면 이런 도발에 속지 않거나 피식하고 비웃었을 것이다.

외부에 드러난 자라면 이런 식으로 도발하는 사기꾼들이 한두 명은 있기 마련이니까.

“하지만 그는 그렇지 않아. 충실하게 커 왔지만 외부에 드러난 사람은 아니지.”

그래서 이런 일은 없었다. 그는 공식적으로 그저 공무원일 뿐이니까.

"그래서 이런 일에 대한 대응법을 잘 알지 못해."

게임으로 비유하자면, 자신이 공들여서 키운 캐릭터와 남의 도움을 받아서 키운 캐릭터의 차이는 크다.

자신이 공들여서 키운 캐릭터는 대응법이나 스킬의 이해도 그리고 입력 타이밍의 여부를 정확하게 알지만, 남이 키워 준 경우는 그저 레벨만 만렙일 뿐 그 캐릭터를 이해하지는 못한다.

"음."

무태식은 그걸 들으면서 이해가 갔다.

만일 이런 협박이 들어왔을 때 정치인이라면 어떻게 했을까?

'아무래도 무시하든가 아니면 남을 보내겠지.'

그 장소 자체에 나가는 것이 바로 증거가 될 수 있다.

노련한 정치인들은 그걸 안다. 그래서 무시하거나, 영 찝찝하다면 다른 사람을 보낸다.

그러나 그는 그런 경험이 없다.

"더군다나 그는 정치 깡패의 도움을 받는 사람이니까."

어찌 되었건 정치 깡패는 깡패다. 그러니 그들이 쓸 방법은 뻔하다.

그들의 도움을 받아서 성장했고 그렇게 성장한 그를 정치 깡패들도 버릴 수는 없으니까 당연히 어떻게 해서든 도와주려 했을 것이다.

깡패다 보니 그 방식이야 뻔하고.

"왜 정치인들에게 도움을 청하지 않은 거죠?"

다른 건 다 이해되지만 그 부분은 이해가 되지 않았다. 이런 경험이 많은 정치인이라면 설명해 줬을 텐데 말이다.

"두 가지 이유 때문이죠."

"두 가지?"

"네. 첫째는 그가 아직 정치인이 아니라는 것. 정치인들은 구설수에 예민합니다. 이런 걸 질문한다고 해서 자상하게 이야기해 줄 리 없지요."

"아!"

그렇게 도와줬다가 일이 커지면 자신들도 곤란해진다. 황재수가 정식 정치인도 아닌데 자신의 정치생명을 걸 사람은 없다.

"두 번째는, 정치인 후보가 한 명이 아니라는 거죠."

"네?"

"정치인들도 바보가 아닙니다. 한 명에게 힘을 많이 실어 주면 나중에 뒤통수 맞을 가능성이 있다는 걸 압니다."

그래서 정치 후보들을 여럿 둔다.

"그리고 각 정치인마다 지원하는 후보는 좀 다르죠."

"아!"

무태식은 그제야 이해가 갔다.

만일 황재수가 도움을 요청하면 그건 그가 약점을 잡혔다는 확실한 증거가 된다.

치열한 경쟁을 하는 상황에서 그게 정치인에게 넘어갔을 경우, 다시 자신의 경쟁자에게 넘어갈 수도 있다.

따라서 누가 누구를 지원하는지 알지 못하는 상황에서 섣불리 사건을 말해 주는 것은 위험한 행동이다.

"결국은 오지 않았다면 모를까, 왔다면 빠져나갈 수가 없는 함정이지."

와서 돈을 줬다면 그것도 증거가 된다. 반대로 돈을 주지 않는다면 대화가 증언이 된다.

그는 정치인이 아니라서 정치인들이 흔히 하는 '모릅니다.'라는 말의 의미를 몰랐던 것이다.

그건 진짜 모른다는 게 아니라, 자신의 잘못을 인정하지 않겠다는 뜻이다.

"어찌 되었건 강간을 인정했으니 처벌은 피할 수 없죠."

노형진의 설명에 다 이해가 가는 듯 두 사람은 고개를 끄덕거렸다.

하지만 여전히 한 가지 이해 안 가는 게 있었다.

"강간은 초반에 물어보셨잖습니까? 그런데 왜 정당에 대해 물어보신 겁니까?"

"아, 그거요? 날개를 자르려고요."

"날개를?"

"네."

강간은 인정했다. 하지만 그걸 가지고 신고하면 어찌 되었건 위에서 무마를 시도했을 것이다.

그리고 정당의 힘이면 그 정도 사건은 충분히 무마할 수 있다.

아무리 그래도 피해자가 술집 여자인 건 맞으니까.

만일 꽃뱀으로 몰아가면 답이 없다.

"하지만 정당을 찌르면 이야기가 달라지죠."

정당과 관련이 있다는 뉘앙스를 뿌려 두면 정당은 부정을 할 수밖에 없다. 범죄자와 관련이 있다는 건 정치인들에게 부담이니까.

부정해 두고는 그를 풀어 주기 위해 경찰에 압력을 행사할 수는 없지 않은가?

"헐."

무태식은 이중으로 치밀하게 구성된 함정임을 알고는 혀를 끌끌 찼다.

애초에 이건 벗어날 수가 없는 함정이었다.

"그래도 용케 나왔네. 솔직히 안 나올까 봐 난 걱정했는데."

손채림은 안도의 한숨을 내쉬었다.

"라이벌에게 증거가 넘어갈 가능성도 존재하니까. 아무래도 그게 걱정되겠지."

정치적 라이벌들은 지금도 그의 약점을 캐기 위해 혈안이 되어 있다.

황재수는 뇌물이 많이 들어오는 자리에 있다. 그렇다 보니 그 뇌물을 이용해서 다시 뇌물을 줘서 부동의 1위 자리를 차지하고 있다.

그런 그를 끌어내릴 수만 있다면 아마 라이벌들은 돈을 아끼지 않았을 것이다.

그리고 황재수도 그걸 알고 있고 말이다.

"그래서 그걸 언급한 거구나."

"그래."

처음에는 그다지 흥분하지 않았던 황재수는 다른 사람이 비싸게 사 준다는 말에 급격히 흥분했다.

즉, 자신을 따라오는 라이벌들에 대해 알고 있다는 뜻이다.

"그런데 왜 여기까지 오게 한 거야? 이런 곳은 서울에도 많잖아."

"서울은 아무래도 저 녀석의 본거지니까. 수습이 가능할지도 모르잖아. 하지만 여기는 전혀 연고가 없으니까 수습을 하고 싶어도 못 하지. 그래서 내가 여기까지 내려오게 한 거고."

서울 쪽의 경찰은 이미 그들의 손아귀에 떨어졌다.

하지만 이곳은 황재수와 아무런 연고도 없으니 당연히 관할도 아니다. 심지어 이 지역에서 황재수를 아는 기업인도 없다.

즉, 이곳 경찰은 저들과 관련이 없다.

“하긴 여기 경찰들은 상관 안 하는 것 같더군요. 그는 서울 담당이니까 이곳 조달청과는 관련도 없고요.”

“이곳 경찰은 이 사건을 순수하게 사건으로 대할 수밖에 없죠. 자기네 관할에서 벌어진 살인미수 사건이니까요. 서울이라면 콩고물이라도 기대하겠지만 콩고물을 주기에는 서울과 지방은 소속이 너무 다르거든요. 뭐, 덕분에 일이 쉬워졌습니다. 솔직히 죽이려고 할 줄은 몰랐지만.”

애초에 증거도 없었다.

그러나 황재수는 도둑이 제 발 저린다고, 증거가 있다고 생각해서 그걸 빼앗는 것만으로는 만족하지 못하고 노형진을 죽이려고 했다.

“사건에 대한 증거가 없는 건 마찬가지이지만.”

노형진은 철수하는 카메라를 보면서 피식 웃었다.

“녹화된 게 있으니 절대로 부정하지 못할 겁니다. 운이 좋았지요.”

만일 눈치 빠른 녀석이었다면 이 작전은 실패했을 것이다.

하지만 그는 남의 도움으로 그 자리까지 가는 바람에 정치적인 눈치가 너무나도 없었다.

“아무리 그래도 정당에서 도와주려고 하지 않을까?”

어찌 되었건 자신들이 키우던 사람이다. 그러니 황재수를 도와주려고 할지도 모른다는 생각에 손채림은 걱정스럽게 말했다.

"도와줘?"

노형진은 피식 웃었다.

"안 잡아먹으면 다행이다."

"응?"

"도움 따위는 없을 테니까 기다려 봐, 후후후."

노형진은 씩 웃으면서 말했다.

노형진은 촬영한 영상을 몇 군데 언론사로 보냈다.

경찰은 그다지 원하지 않았지만 자신에게 있는 게 아니었기 때문에 막을 수가 없었다.

애초에 노형진이 모든 걸 준비하고 자신들은 실적 때문에 수저만 올린 셈이라 말릴 수도 없었고 말이다.

그리고 그 후에 노형진이 기다리던 일이 벌어졌다.

"아주 작심을 했나 본데?"

언론사에서 집요하게 그를 물고 늘어지기 시작했다.

특히나 '애국일보'라는 곳에서 집요할 정도로 물고 늘어져서 연일 추문이 터져 나왔다. 뉴스거리가 없으면 상상으로라도 언급될 지경이었다.

"왜 이러지?"

물론 충격적인 사건이기는 하다.

하지만 공식적으로 그의 개인적 범죄일 뿐이지, 사회적인 조직범죄도 아니다. 그런데 그곳에서는 이상할 정도로 물고 늘어졌다.

"후보."

"뭐?"

이해하지 못하는 손채림에게 노형진은 느긋하게 말했다.

"말했잖아, 정치인 후보는 그뿐만이 아니라고. 그들의 입장에서는 황재수가 어떻게 보이겠어?"

"아!"

노형진의 말에 손채림은 바로 이해가 갔다.

"지금이 기회라고 생각하겠구나."

"그래."

정치인 후보는 한두 명이 아니다. 그들은 서로 유리한 자리를 차지하기 위해 치열하게 싸운다.

암중에 치열하게 싸우는 판국에 누군가 약점을 잡혔다? 그러면 그를 물고 뜯을 건 당연한 일.

"그래서 쉽다고 한 거야?"

"그래. 작은 추문 하나만 열어 주면 되니까. 솔직히 살인 미수는 기대도 안 했지만."

노형진은 어깨를 으쓱했다.

애초에 그가 정당의 지원을 받는다는 것은 알고 있었다. 그러나 그런 놈은 한두 명이 아닐 것이다.

"후보들은 서로를 견제하지. 후보는 많고 자리는 한정적이니까. 그 와중에 가장 강력한 후보가 추문에 휩싸였어. 그러면 어쩌겠어?"

"이해가 가네."

당연히 그를 물어뜯을 것이다.

노형진은 사실 그를 불러냈을 때 접대를 받은 것에 대해서만 언급하려고 했다. 그것만 가지고도 그는 재기 불능이 될 테니까.

"그리고 그는 공식적으로 정당인이 아니야."

정당에서 알음알음 밀어준 게 사실이지만 그렇다고 정당에 속한 사람은 아니다.

즉, 정당에서도 그와 거리를 두려고 할 것이다.

"그는 가장 강력한 후보 중 한 명이었지만, 이제는 날개가 녹아서 추락한 이카루스일 뿐이지."

자신의 자리를 이용해서 얻은 막대한 뇌물. 그걸 상부에 상납하면서 제1 후보 자리를 굳건하게 지켰지만 그건 어디까지나 비공식이다.

그는 이제 가치를 잃어버렸고 추락만이 남았다.

"이래서 날개를 끊어 버린다고 했구나."

정당도, 우국회도 모조리 그를 떠났다. 조달청도 징계 절차에 들어갔으니 남은 것은 몰락뿐.

아마도 애국일보에서 저렇게 물어뜯는 건 후보 2위가 그곳에 있기 때문일 것이다.

그리고 황재수가 추락하는 틈을 타 1위 자리를 확실하게 못을 박고 싶은 것이리라.

"높이 난다는 것은 결국 추락했을 때 더 깊은 나락으로 떨어진다는 뜻이지."

노형진은 점퍼를 뒤집어쓴 채로 경찰서로 끌려가는 황재수를 텔레비전으로 바라보면서 중얼거렸다.

"추락하는 것은 날개가 없다 이건가?"

손채림은 오래된 영화 제목을 생각하고는 피식하고 웃고 말았다.

죽음이 알려 준 것

"수고들 했어요."

"수고하셨습니다."

노형진은 사람들과 웃으면서 인사하고 자리에서 일어났다.

"배신자."

손채림은 그런 노형진을 보면서 툴툴거렸다.

일거리가 그녀를 놓아줄 생각을 하지 않았기 때문이다.

"뭐, 가끔 있는 야근이잖아."

"그래도 배 아파."

기본적으로 야근을 시키지 않는 것이 새론의 규칙이다.

하지만 규칙이라는 게 꼭 지켜지는 것은 아니다. 가끔 사건이 많은 경우는 어쩔 수 없이 야근을 해야 한다.

사건 때문이라면 노형진도 야근을 해야 하지만, 이번에는 사건도 아니고 사건 정리 업무라 손채림을 비롯한 다른 팀원들만 남아서 하게 된 것이다.

"그럼 바꿀래? 내가 일할 테니 네가 퇴근해. 대신에 네가 나 야근하는 날 야근하고."

"싫어. 네가 나보다 야근 양이 세 배는 많잖아?"

"그러니까."

"됐네요, 이 사람아."

혀를 날름하면서 웃는 손채림.

노형진은 피식 웃으면서 가방을 들었다.

"그럼 내일들 뵙지요."

미소를 지으면서 엘리베이터를 탄 노형진은 건물에 있는 지하 주차장으로 향했다. 차를 타고 퇴근하기 위해서였다.

"내일은 간만에 쉬는 날이니 영화나 볼까?"

내일 하고 싶은 일을 생각하면서 주차되어 있는 차로 다가가는 노형진.

그런데 그 순간 누군가 부르는 목소리가 들려왔다.

"노형진 변호사님이신가요?"

"그런데, 누구시죠?"

고개를 돌려 보니 한 남자가 그를 바라보고 있었다.

'누구지?'

노형진은 고개를 갸웃했다. 여기까지 자신을 따라올 사람은 없기 때문이다.

직원이라면 위에서 말하거나 전화했을 테고, 의뢰인이라면 여기로 들어오는 게 아니라 접수처를 통해 배정되었을 테니까.

"사실은 뭐 좀 여쭤 볼 게 있습니다."

"사건 관계라면 정식으로 사무실에 접수하시는 게 빠를 텐데요? 이런 곳에서 물어보신다고 제가 대답해 드릴 수 있는 게 아니라서요. 자료도 없고."

무심결에 말하던 노형진은 뭔가 섬찟한 느낌이 들었다.

'살기!'

회귀 전에 느꼈던 살기.

누군가 자신을 죽이려고 했을 때의 그 느낌.

소름 돋는 그 서늘함이 일이 잘못되었다는 것을 알려 주고 있었다.

"잠깐만. 일단 경비를 불러야겠군요."

노형진이 이상하다는 걸 느끼고 경비를 부르려고 하는 순간 남자의 눈이 희번덕거렸다. 그리고 품 안에서 기다란 칼을 꺼내 들었다.

"노형진! 복수다!"

그는 소리를 지르면서 노형진에게 달려들었다.

"으아앗!"

노형진은 순간 뒤로 물러나면서 가방을 휘둘렀다.

하지만 가방만으로는 공격을 막을 수가 없었고, 결국 그는 노형진의 품으로 파고들었다.

"끄륵."

노형진의 입에서 끄르륵 소리와 함께 피거품이 올라왔다.

"죽어! 죽어!"

그는 다시 한 번 칼로 노형진을 찌르려고 했다.

하지만 눈을 찡그렸다.

"젠장!"

칼이 깊숙이 박혀서 나오질 않았던 것이다.

사실 빼려고 하면 뺄 수도 있지만 노형진이 꽉 잡고 놔주려고 하지 않았다.

아무리 노형진이 평범한 사람이라고 하지만 사지에 몰린 사람의 힘은 상상 이상이었다.

"이 개새끼! 놔! 놔!"

구둣발로 노형진의 얼굴을 차는 그.

하지만 노형진은 놓지 않았다.

'놓치면 죽는다!'

본능적으로, 경험적으로 알 수 있었다.

노형진은 이를 악물고 칼을 붙잡았고 범인은 포기한 듯 목을 조르려고 했다. 그러나…….

"거기! 무슨 일입니까?"

입구 쪽에서 들리는 목소리.

그 목소리에 그의 눈이 휙 돌아갔다.

거기서는 한 남자가 내려오고 있었다.

"젠장!"

노형진을 노려보던 남자는 칼을 놓고 그를 떼어 냈고, 때마침 코너를 돌던 직원이 그 모습을 발견했다.

"헉!"

아무리 경험이 없다고 하지만 눈앞에서 벌어진 모습이 뭔지 모르지는 않을 것이다.

"사…… 살인이다!"

"젠장!"

상대방은 반대로 뛰기 시작했고 살인이라는 비명에 주변에서 사람들이 달려오기 시작했다.

"끄르륵……."

"저놈 잡아라!"

노형진을 버리고 도망가는 범인.

사람들이 그를 따라갈 때, 누군가가 노형진에게 황급하게 다가왔다.

"맙소사…… 노 변호사님!"

그는 황급하게 노형진에게 박혀 있는 칼을 빼내려고 했다.

하지만 노형진은 그의 손을 잡아서 그런 그의 행동을 말렸다.

"그…… 그냥 두세요."

"네? 하지만……."

"칼을 잘못 뽑으면 과다 출혈이 생길 수 있으니까."

노형진은 고통을 참으면서 말했다.

실제로 영화처럼 가차 없이 칼을 뽑으면 도리어 과다 출혈로 사망할 수도 있다.

그렇기 때문에 구급차가 올 때까지 그냥 두는 게 훨씬 나은 선택이다.

"끄으윽."

"젠장…… 구급차는 언제 오는 거야?"

직원들은 안절부절못하고 있었고, 노형진은 고통을 참기 위해 이를 악물었다.

"수술은 잘되었습니다. 다행히 중요한 부위는 다치지 않았습니다."

의사는 차트를 보면서 말했다.

노현아는 떨리는 심장을 진정시키면서 그런 의사의 손을 꽉 잡았다.

"감사합니다. 감사합니다."

"감사는요. 운이 좋았습니다."

의사는 그렇게 말하면서 한숨을 쉬었다.

"그런데 범인은 잡혔나요?"

그러자 옆에 있던 송정한이 고개를 흔들었다.

“아직 잡지 못했습니다.”

“그렇군요. 도대체 무슨 원한이 있다고 이러는 건지.”

“그러게 말입니다. 하아.”

송정한은 한숨부터 나왔다.

그럴 수밖에 없는 게, 당장 경찰이 나서서 수사를 하고 있지만 짐작 가는 부분이 너무 많아서 도무지 감을 잡을 수가 없었던 것이다.

‘변호사가 원한을 안 살 수는 없으니…….’

사건을 담당했다가 져서 의뢰인이 원한을 가지는 경우도 있고, 반대로 상대방이 원한을 가지는 경우도 있다.

결론적으로 변호사들은 원한을 가진 사람들이 너무 많아서 용의자를 줄일 수가 없었다.

얼굴도, 상대방은 모자로 가린 터라 확인할 수가 없으니 누군지 알 수도 없고.

‘더군다나…….’

노형진은 적당히 물러난다는 것을 모르는 타입이다.

상대방이 악인이고 반성이 없다면 끝까지 파멸시켜 버리는 타입이다.

문제는 그런 놈들은 자기 잘못을 반성하기는커녕 그것에 대한 원한을 가진다는 것.

“일단 수사를 하고 있으니 찾을 수 있을 겁니다.”

송정한은 그렇게 말했다. 아니, 그렇게 믿고 싶었다.

경찰뿐만 아니라 새론의 경호 팀과 정보 팀 역시 사방을 뒤지면서 범인을 찾고 있었다.

보복이라는 것은 한번 그냥 두면 끝도 없이 이어진다. 확실하게 막기 위해서는 범인을 잡아야 한다.

"일단은 만일을 대비해서라도 경호원을 배치해도 될까요?"

"그러십시오."

의사는 순순히 고개를 끄덕거렸다.

범인이 아직 잡히지 않은 상황에서 혹시 모를 사고에 대비해서 경호원 한두 명 두는 것은 어려운 것은 아니었다.

"형진아, 흑흑."

노현아는 눈물을 뚝뚝 흘렸다.

지금까지 몇 번이나 쓰러지고 위험한 순간이 있었지만 칼에 찔린 것은 처음이었다. 그러니 더욱 심장이 떨리고 가슴이 아파 왔다.

"걱정하지 마세요. 꼭 범인을 잡을 수 있을 겁니다."

송정한은 말뿐 아니라 마음속으로 다시 한 번 굳게 다짐을 했다

"으으으……."

노형진은 중환자실에서 힘겹게 눈을 떴다.

'병원인가.'

하얀 천장. 그리고 자신에게 벌어진 일을 생각했을 때 가능성이 높은 것은 병원이었다. 그리고 희미하게 풍겨 오는 알코올 특유의 냄새까지.

'난 살았군.'

노형진은 그렇게 중얼거리면서 바짝 마른 입을 다셨다.

도대체 얼마나 지난 걸까?

범인이 자신에게 달려드는 그 순간 반사적으로 가방을 휘둘렀고, 그 덕분에 목숨을 구할 수 있었다.

"으으으……."

노형진은 희미하게 보이는 시선으로 중환자실 안쪽을 둘러보았다.

여기저기에 수술을 마치고 나온 것으로 보이는 사람들이 누워 있었고 간호사들은 그런 사람들 사이로 오가면서 치료를 하고 있었다.

"커피나 먹을까?"

"식후에는 역시 커피지."

간호사들의 일상적인 대화에 노형진은 왠지 안도의 한숨이 나왔다.

다시 한 번 살아서 일상으로 돌아왔다는 그 안도감.

한번 죽었다 살아난 그로서는 참으로 기분이 묘했다.

그러한 안도감 때문인지, 절로 기분이 좋아졌다.

'개똥밭에 굴러도 이승이라는 건가?'

사실 회귀 전, 죽은 직후의 상황에 대해서는 기억나는 게 없다. 이승이 좋은지 저승이 좋은지 그건 알 수가 없다.

하지만 확실한 것은 아직은 자신이 사랑하는 많은 사람들이 있는 이곳이 더 좋다는 것이다.

다만 자신을 괴롭히는 이 갈증만큼은 해소하고 싶었다.

"저기……."

힘든 목소리로 부르는 노형진.

조용한 중환자실에서 사람들을 간호하던 간호사는 그런 노형진의 부름을 알아듣고 바로 달려왔다.

"깨어나셨어요? 가만히 계세요. 일단 수술은 잘 끝났어요. 여기는 병원이구요."

아마도 영화에서처럼 여기가 어디냐고 물어볼까 봐서인지 간호사는 친절하게 이야기해 줬다.

하지만 노형진은 자신이 구급차를 타고 수술실에 들어왔던 순간까지 기억하기 때문에 궁금한 건 그게 아니었다.

"그게 아니라……."

"그러면 뭐 필요한 거 있으세요?"

"난……."

마른침을 꿀꺽 삼킨 노형진은 힘겹게 입을 열었다.

"캐러멜마키아토."

간호사는 웃어야 하나 하는 묘한 표정이 되었다.

⚖

"캐러멜마키아토? 사람 심장을 떨어지게 만들고 나서 한다는 말이 캐러멜마키아토? 너 죽을래?"

"아…… 진짜 미안해. 난 그냥…… 정신이 혼미한데 커피 이야기를 들으니까 막 미친 듯이 목이 말라서."

"그럼 물이나 처먹어!"

"내 정신이 아니었다니까."

살아서 나온 노형진에게 노현아는 마구 화를 냈다.

자기는 바깥에서 심장이 떨리고 있는데 일어나자마자 캐러멜마키아토라니?

"진정하세요, 하하하. 원래 마취에서 깨어날 때는 그냥 생각나는 대로 나오는 겁니다."

의사는 웃으면서 말했다.

간호사한테 그 말을 듣고는 얼마나 웃었던가.

"하지만 애석하게도 캐러멜마키아토는 당분간 못 먹습니다. 칼이 대장을 찔렀어요. 봉합은 잘되었지만 당분간은 금식입니다."

"네, 하아."

"한숨 쉬지 마! 어머니랑 아버지가 얼마나 충격받았는지 알아!”

“미안.”

노형진은 고개를 들 수가 없었다.

‘내가 뭔 정신으로 캐러멜마키아토를 부탁한 거지?’

인터넷 우스갯소리로 마취에서 깰 때 별별 헛소리를 다 한다고 하더니 자기가 그 꼴이 아닌가?

“자, 자! 진정하시고. 보호자분도 무리하셨으니 가서 쉬세요.”

“이 멍청이를 두고 어딜 가요? 장도 안 붙었는데 커피 찾는 놈인데.”

“제정신이 아니었다니까.”

“진정하세요. 일단은 환자에게 안정이 필요하니까요.”

“네.”

의사가 말리자 어쩔 수 없다는 듯 한숨을 내쉬는 노현아.

“난 괜찮으니까 이제 가 봐. 매형이 기다리겠네. 조카도 기다릴 테고.”

“지금 중요한 게 그게 아니잖아.”

“중요한 거지. 애 엄마한테 애만큼 중요한 게 어디 있어?”

“하아.”

노형진은 노현아의 마음을 이해했다. 걱정될 것이다.

하지만 자신은 이제 멀쩡하고, 여기는 간호사들과 의사 그리고 경호원까지 가득하다.

“그러니까 가서 쉬어.”

“하지만…….”

“가서 쉬어. 나도 일해야지.”

“뭐? 일? 지금 일이라는 말이 나와? 너, 일 때문에 칼에 찔린 거야! 알아?”

마음 같아서는 당장이라도 변호사 노릇을 그만두게 하고 싶은 상황이었다. 그런데 또 일을 해야 한다니?

“회사 일 말고. 범인을 잡아야지.”

그렇게 말하는 노형진의 눈빛이 사나워졌다.

운 좋게 살았다고 하지만 결코 범인을 놔줄 생각은 없었다.

“그건 경찰이 알아서 하겠지!”

“그건 아니야. 내가 긴히 할 말이 있어서 그래.”

“너, 진짜……!”

노현아는 화를 내려다가 고개를 흔들었다.

노형진의 고집이야 하루 이틀 문제가 아니니까.

그는 한다면 한다. 비록 침대에 누워 있다고 해도 그가 다른 사람이 되는 건 아니다.

“일단은 난 그럼 먼저 갈게. 저녁에 어머니랑 아버지 온다고 했으니 사고 좀 치지 말고.”

“사고 칠 힘도 없어.”

히죽 웃는 노형진을 어이가 없다는 듯 한번 바라보고 나가는 노현아.

그러자 노형진은 바로 의사에게 말해서 송정한을 불러 달라고 했다.

"괜찮나?"

송정한은 지체하지 않고 달려왔는데, 그의 얼굴에는 걱정이 가득했다.

"네, 일단은 멀쩡합니다. 범인은요?"

"아직 추적 중일세."

"다른 피해자는 없습니까?"

"다행히. 범인은 도망쳤고, 다른 사람을 노리지는 않는 모양이야."

"그렇군요. 회사는 어떻습니까?"

"난리가 났지. 지금 범인을 잡으려고 총동원되었네. 손채림 양도 아침까지 여기에 있다가 내가 강제로 보냈고."

"아…… 그런가요?"

"그래. 얼마나 울었는지, 그 꼴로 노 변호사를 볼 수 없지 않겠냐고 내가 쫓아 보냈네."

"하하하."

노형진은 머쓱하게 머리를 긁었다.

"그런데 날 부른 걸 보니 할 말이 있나 보군."

"중요한 이야기입니다."

"뭔가? 범인이 누군지 아는 건가?"

영상에 따르면 그는 노형진을 찌르기 전 '복수다!'라는 말을 했다. 이는 즉, 노형진에게 원한이 있다는 소리다.
만일 노형진이 그가 누군지 안다면 잡는 것은 어려운 일이 아니었다.
"안다면 아는 거죠."
"안다면 알다니, 그게 뭔 소리인가?"
노형진은 주변을 조심스럽게 둘러봤다.
1인실이니 자신들뿐이다. 의사도 자리를 비웠고 말이다.
하지만 상대방이 상대방이다 보니 조심할 수밖에 없었다.
"왜 그러나?"
"보안을 철저하게 하기 위해서입니다. 일단은 감청 장치 같은 게 있는지 나중에 확인해 봐야겠군요."
"감청?"
고개를 갸웃하는 송정한.
하지만 그다음에 노형진이 한 말에 그의 얼굴이 딱딱하게 굳어졌다.
"이번 사건의 범인은 성화입니다."
"성화라니!"
송정한의 얼굴이 굳어질 수밖에 없는 게, 성화는 몰락해 가고 있긴 해도 여전히 상당한 힘을 가지고 있는 곳이다.
'그러고 보니…….'
노형진에게 원한을 가진 사람이 한두 명이 아닐 테지만 성화만 한 곳은 없을 것이다.

노형진 때문에 대룡을 집어삼키려는 계획이 실패했을 뿐만 아니라 매번 그들의 계획을 방해한 것은 노형진이었다. 그러니 원한을 가지고 있는 것은 이해가 간다.

하지만 여전히 이해가 가지 않는 것이 있다.

"그걸 어떻게…… 아!"

순간 노형진이 가진 능력이 생각났다.

기억을 읽는 능력.

만일 그 순간 살인범의 기억을 읽는 데 성공했다면 그가 누군지, 그리고 누구의 사주를 받았는지 알 수 있었을 것이다.

"설마?"

"네. 아마 범인은 잡지 못할 겁니다."

"뭐? 왜?"

"그는 이미 한국에 없으니까요."

칼로 찔리는 그 순간 노형진은 실제로 그의 기억을 읽었다.

그는 성화의 청부를 받은 청부업자였다.

그는 노형진을 찌를 당시에 이미 한국에서 나가는 비행기를 예약해 둔 상태였다. 아마도 바로 그걸 타고 출국했을 것이다.

"하지만 한국어를 잘하던데."

"함정이죠."

"함정?"

"네. 아예 한국어를 못하는 건 아니니 특정 단어 연습만 좀 하면 익숙하게 할 수 있었을 겁니다. 조선족이었거든요.

그리고 전문적인 업자였습니다. 그 녀석이 노린 건 제 배가 아니라 폐 부위였습니다."

"폐?"

"네. 전문적인 녀석이라는 뜻이지요."

경험이 없는 사람은 일단 찌르고자 하면 배를 노린다.

하지만 배는 사람을 즉사시키기에는 부족한 부위다. 예민한 장기가 있기는 하지만 즉사할 정도는 아니기 때문이다.

그렇지만 폐는 아니다.

폐를 찔리면 그 즉시 공기가 폐 바깥으로 빠져나가기 시작하며 5분 이내에 질식해서 죽는다.

아무리 빨라도 병원에 5분 내에 갈 수는 없으며, 설사 간다고 해도 병원 내에서 남은 시간 내에 폐에 어떻게 해 줄 수 있는 방법도 없다.

거기에다 폐를 찌르면 사람은 비명도 지르지 못한다.

소리를 지른다는 것은 공기가 빠져나간다는 의미인데, 폐에 구멍이 나면 그게 불가능해지기 때문이다. 폐를 찌르고 버려두면 도움도 청하지 못하고 죽을 수밖에 없다.

"제가 가방으로 쳐 내지 않았다면 아마 전 죽었을 겁니다."

생각지도 못한 상황에 송정한은 점점 얼굴이 어두워졌다.

그저 미친놈이나 개인적 원한이라 생각했는데 청부업자라니.

"조선족이라니."

"새삼스러운 일은 아니죠."

노형진은 고개를 끄덕거렸다.

실제로 조선족 살인 청부업자가 활동한 지는 무척이나 오래되었다.

상당수 살인 사건이 그렇게 일어났으나 대부분 미결로 끝난다.

유전적 정보가 있는 것도 아니고, 그런 청부업자는 일회용이라 지문 같은 게 남아 있는 것도 아니다.

애초에 죽이려고 마음먹은 그날 바로 출국할 수 있게 해 놨기 때문에 살인 시도 후 못해도 다섯 시간 안에 출국한다.

"끄응."

어쩐지 아무리 찾아도 흔적이 없다고 생각했다.

아마도 바깥쪽에 미리 차량을 준비해 놓고 기다리고 있었을 것이다.

성화의 정보력이면 CCTV가 없는 지역을 알아내는 것은 어려운 게 아닐 테고, 거기에 차량 대기시켜 놨다가 바로 타고 움직이는 것은 쉬운 일이다.

서울 한복판이니 차량의 움직임이 어마어마해서 어떤 차에 탔는지 감도 잡지 못할 테고.

"성화라니."

송정한은 노형진의 말에 아무런 말도 하지 못하고 그저 침묵을 지켰다.

하지만 그는 다음 순간 이상하다는 생각이 들었다.

성화가 노형진에게 원한을 가지고 있다고 해도 타이밍도 그렇고, 이상한 게 무척이나 많았다.

"왜 그들이 자네를 죽이려고 한단 말인가? 물론 원한이야 많겠지만."

그들은 대기업이다. 이런 걸 한번 의뢰하면 나중에 문제가 될 가능성이 높다.

아무리 성화라고 해도 말이다.

더군다나 그들이 노형진에게 원한을 가지고 있는 것을 모르는 사람이 과연 있을까?

"그걸 노린 겁니다."

"그걸 노려?"

"대놓고 '복수다! 죽어라!'라고 외치고 찌르고 도망갔는데 개인적 원한이라고 생각하지, 기업의 청부 살인이라고 생각이나 하겠습니까?"

"아."

송정한은 그제야 그들의 치밀함에 혀를 내둘렀다.

실제로 노형진이 성화를 이야기하기 전까지 자신들은 개인적인 사건이라고 생각하고 그동안 노형진이 담당했던 사건들을 뒤지고 있지 않았던가?

"무서운 놈들이군."

송정한은 자신도 모르게 치를 떨었다.

대놓고 원한이 있다는 표현을 했으니 누구나 개인적 원한을 가진 사람을 찾을 것이다. 그건 경찰도 마찬가지고 말이다.

"하긴 청부 살인은 대놓고 그렇게 '복수다.'라는 소리는 하지 않지."

이해가 간다는 표정이 되는 송정한.

그러나 여전히 이해가 가지 않는 것이 하나 있었다.

"그렇지만 왜 지금에 와서 그런단 말인가?"

노형진에게 피해를 입은 것은 한두 번이 아니다. 작게 타격을 입은 적도 있고 크게 타격을 입은 적도 있다.

결론적으로 지금의 몰락에 노형진이 큰 이유가 된 것은 부정할 수 없는 사실이다.

그동안에도 모른 척하던 자들인데 왜 갑자기 노형진을 죽이려고 킬러를 보낸단 말인가?

"살인자에게 그렇게 자세한 이야기를 하지는 않지요."

"음."

"사실 살인자에게는 그들이 누군지도 이야기하지 않았다는 것이 맞는 말이지만요."

"뭐? 그게 무슨 말인가?"

"자기들은 완벽하게 은닉했다고 생각한 모양이지만 살인자가 알아낸 것 같더군요. 전문 킬러니까요."

그들은 조용히 노형진을 죽일 사람을 찾았다고 생각할 것이다.

하지만 살인자의 입장에서는 이게 자신을 함정에 빠트리

려고 하는 건지 아니면 진짜 살인 의뢰인지, 또는 다른 목적이 있는 건지 알아야 하기 때문에 그들 몰래 의뢰인의 뒷조사를 하는 게 보통이었다.

"그래서 성화인 걸 안 거군."

정확하게는 제삼자인 조폭에게서 의뢰가 들어왔다고 하는 게 맞았다.

하지만 그는 언제나처럼 조폭의 뒤를 조사했다.

그럴 수밖에 없는 게, 그런 식으로 조폭을 전면에 내세워서 의뢰하는 경우가 적지 않고 그 경우 자신이 독박을 쓸 가능성도 있을 뿐만 아니라 조폭들이 자신의 의뢰금의 일부를 횡령하는 경우도 있기 때문이다.

"그래서 걸린 게 성화다?"

"네."

성화는 전부터 조폭들과 긴밀한 연관 관계를 가지고 있는 기업이었다.

물론 다른 기업들도 마찬가지이지만 성화는 유독 그들과 가까웠다.

그리고 조직이 밀리는 지금에 와서 믿을 건 그들뿐이라는 인식도 있었던 것 같고.

"그런데 왜 살인자를 보낸 건지 알아야 대응을 하지."

"살인자는 그것까지는 모르지요. 하지만 알 만한 사람이 한 명 있지요."

노형진은 차분하게 말했다.

자신보다 훨씬 성화에 대해 잘 아는 사람. 그리고 성화라면 치를 떠는 사람.

그 사람이라면 이 사태의 원인을 알고 있을 것이다.

그리고 원인을 알면 복수도 가능한 법.

'화가 날수록 머리는 차갑게 하라고 하지. 너희들은 사람을 잘못 건드렸어.'

그들이 뭘 하든, 노형진은 그에 따른 응징을 해 줄 생각이었다.

"성화가 살인을 교사했다라……."

병실에 온 유민택 회장은 노형진의 말에 심각한 얼굴이 되었다.

칼에 찔렸다는 소식은 들었다. 그래서 조만간 한번 찾아가야겠다 했는데 자신을 부를 거라고는 생각도 못 했다. 그것도 성화의 문제로 말이다.

"확실한 건가?"

"네. 저희 쪽 정보 라인에 따르면 확실합니다."

"음."

유민택의 말에 송정한은 확실하다고 대답해 줬다.

물론 증거는 없다. 하지만 노형진의 능력을 믿고 있었기 때문에 그렇게 대답한 것이다.

"보복인가?"

"기업이라는 곳이 그렇게 단순히 보복으로 움직이는 것은 아니죠."

"그건 그렇지."

보복을 하려면 벌써 했어야 했다. 그런데 지금까지 보복을 하지 않았다.

물론 죽이고 싶은 마음이야 넘치겠지만, 죽이고 싶어 하는 것과 진짜로 죽이려 드는 것은 천지 차이.

"그들은 걸리는 게 있다는 뜻일 겁니다. 저희는 모르겠습니다만, 대룡에서는 알 것 같은데요?"

사실 대룡과 관련이 없다면 살인까지 불사할 일은 없다.

그러나 현재 성화는 대룡에게 엄청나게 밀리는 상황이다. 성화의 일가는 성화를 지키기 위해 발악하고 있지만 세력에서도, 능력에서도, 이제는 재계 순위에서도 성화는 대룡에 밀리고 있다.

그리고 그 원인을 제공한 것은 바로 새론이다.

새론, 아니 노형진이 없었다면 이미 대룡은 사라진 기업이 되었어야 하고 성화에 흡수되었어야 하니까.

그렇게 말하자 유민택은 뭔지 알 것 같다는 표정이 되었다. 그리고 급속도로 미안하다는 얼굴이 되었다.

"그들이 왜 그랬는지 알 것 같군."
"무슨 일이 있었습니까?"
"성화에서 쿠데타가 있었네."
"쿠데타요?"
"그래."
노형진과 송정한은 고개를 갸웃했다.
기업에서 쿠데타라는 말은 어색한 단어이기 때문이다.
"경영권 승계 문제인가요?"
"좀 다르지."
"달라요?"
"그래. 주주들이 모여서 김씨 일가를 몰아내려고 했지. 그들 때문에 이 난리가 난 거니까."
"그런 일이 있었습니까?"
"그래."
성화를 이끄는 것은 김씨 일가이다. 그러나 그들이 가진 주식은 그다지 많지 않다.
정확하게 말하면 그들이 가진 주식은 3.5%이며, 다른 주주들이 그들의 편을 들어 준다는 것이 맞는 말이다.
회사가 기업이라면 주식은 투표권이다. 당연히 투표권을 가진 사람들이 뭉쳐서 자르려고 하면 3.5%밖에 안 되는 주식을 가진 그들이 저항할 수가 없다.
대룡만 해도 대룡의 최대 주주는 유민택이며 그의 가문이

가진 주식이 무려 40%다.

"불행하게도 그 녀석들이 눈치챘지만 말이야."

유민택이 미안하다는 듯 말했다.

아마도 그 쿠데타의 원인은 그였을 것이다. 아니, 대룡이었을 것이다.

'하긴, 대룡에서 주주들을 설득하면 불안한 주주들로서는 다른 카드가 없었겠지.'

주식을 투자한 사람들은 몰락해 가는 성화 때문에 불안할 것이다. 그 와중에 김씨 일가를 몰아내는 조건으로 대룡에서 화해의 손을 내밀면 거부하지는 못했을 것이다.

"하여간 정부에서 그들 편을 들어 주는 바람에 실패했다네."

"정부라 하면?"

"어디겠나?"

"아."

사람들은 주식을 다 민간인이 가지고 있다고 생각하지만 사실 가장 주식을 많이 가지고 있는 것은 정부 기관이다.

특히 연금공단 같은 곳은 그런 걸로 수익을 내도록 되어 있어서 당당하게 주식을 보유할 수 있다.

'하지만 그게 문제지.'

그들이 가진 주식의 양은 어마어마해서, 그걸 어떻게 휘두르느냐에 따라 방패가 될 수도 있고 칼이 될 수도 있다.

일반적으로 경영권이 해외에 매각되는 것을 막기 위해 쓰는 게 정상이지만 대부분의 경우 뇌물을 받고 그 주식을 총수 일가를 위해 쓰는 게 보통이다.

'이번에도 그런 모양이군.'

어찌 되었건 자신에게 그 소식이 오지 않았다는 것은 총수 일가가 승리했다는 소리다.

"그게 다급하게 만든 모양이군요."

"그래."

기업은 국가와 다르다. 쿠데타로 경영권을 빼앗으려다가 실패했다고 하지만 목숨을 빼앗거나 주식을 빼앗을 수 있는 게 아니다.

말 그대로 이번에만 막았을 테고, 그들은 다음 총회 기간에 다시 한 번 김씨 일가를 쳐 내기 위해 뭔가를 하려고 할 것이다.

"기존과는 좀 다르겠군요."

"그렇겠지."

기존과 좀 다르다.

그게 무슨 뜻이냐면, 기존 대룡의 공격은 성화에 집중되었다. 즉, 성화를 몰락시키기 위해 노력한 것이다.

하지만 이번에는 성화가 아니라 성화를 이끄는 김씨 일가에게 공격이 가해졌다는 뜻이다.

'그들이 받은 다급함은 이루 말할 수 없겠지.'

그들이 성화를 지키기 위해 싸웠다고 하지만 엄밀하게 말하면 그들은 성화를 방패로 삼아서 자신들을 지킨 셈이다.

그러나 다른 이가 회장이 되면 그건 불가능해진다.

"그들이 성화에 입힌 피해가 어마어마하니 가능할 거라 생각했네. 그래서 작전을 실행한 건데 자네한테 보복할 줄이야. 미안하네. 그들이 이렇게까지 할 거라고는 생각하지 못했네."

"모든 일을 예상할 수는 없으니까요."

눈을 잠깐 찡그리기는 했지만 노형진은 이해했다.

이건 대룡의 잘못이 아니다. 그들이 이렇게까지 나올 거라고는 노형진 본인도 생각하지 못했을 것이다.

그들이 성화의 지배자 자리에서 쫓겨나면 남는 것은 성화의 주식뿐이다.

물론 그것도 값어치는 어마어마하지만, 거대 그룹인 성화와 싸워 온 대룡에 그 가치는 사실상 의미가 없다.

즉, 그들이 그 자리에서 쫓겨나면 성화라는 방패조차 없이 대룡과 싸워야 한다는 건데, 이건 개미와 사람의 싸움만큼이나 의미가 없다.

"결사적으로 자기 자리를 지키려고 하겠군요."

"그래."

지금의 상황이 이해가 가기 시작하는 노형진이었다.

지금까지 개인으로서 김씨 일가에게 가장 많은 피해를 준 사람을 뽑으라면 당연 노형진이다. 그리고 일선에서 싸운 사람 역시 노형진이다.

'어차피 잃을 게 없다 이건가?'

자신들의 자리가 불안하다고 생각되자 최종 수단까지 동원하는 것이다.

그들은 가장 골칫덩어리였던 노형진을 제거함과 동시에 자신들에게 반기를 들었던 자들에게 일종의 협박을 한 것이다, '저항하면 죽는다.'라고.

대룡의 회장인 유민택은 건드릴 수 없으니까 그의 모사인 자신을 노린 것.

"미친 새끼들."

"미안하네."

유민택은 진짜로 미안한 얼굴이었다.

자신들이 계획한 작전이 이렇게 돌아올 줄은 몰랐던 것이다.

"아닙니다. 이건 그들의 잘못이지, 회장님 잘못이 아닙니다."

노형진은 고개를 저었다.

"살인자가 잘못한 거지 피해자가 잘못한 건 아니죠."

노형진은 피해자가 잘못이라는 논리를 제일 싫어한다.

물론 아예 잘못이 없을 수는 없다. 실제로 피해자가 잘못한 경우도 많다.

하지만 지금은 아니다.

애초에 이 싸움의 원인은 대룡을 집어삼키기 위해 대룡의 대를 끊어 버린 성화의 잘못이었다.

'하지만 이제야 상황이 이해가 가는군. 재미있어졌어.'

유민택의 말은 많은 것을 시사했다.

그리고 생각보다 성화의 상태가 좋지 않다는 반증이기도 했다.

"당장이라도 고발하는 게 어떤가?"

"그건 무리입니다. 정보를 얻기는 했지만 증거가 없어서요."

"음…… 그러면 범인은?"

"이미 중국으로 튀었습니다."

물론 추적을 할 수는 있을 것이다. 하지만 그때쯤이면 이미 사건이 호지부지된 후일 것이다.

설사 잡힌다고 해도 그가 입을 열 가능성은 높지 않다.

"그럼 그냥 둘 건가?"

"그럴 생각은 없습니다. 시간이 좀 걸리겠지만 범인은 잡아야겠지요. 하지만 지금 중요한 것은 성화입니다. 그들이 이런 짓을 했다는 건 구석에 몰렸다는 뜻입니다. 즉, 한 번만 제대로 타격을 주면 김씨 일가는 몰락한다는 뜻이지요."

유민택도, 송정한도 고개를 끄덕거렸다.

"하지만 솔직히 지금은 딱히 타격을 줄 만한 방법이 없네."

성화는 몇 번의 사업 실패로 인해 자금줄이 부족한 상황이다. 그래서 상당한 적자를 보면서 운영하는 상황.

자금줄이 모조리 틀어막히는 바람에 쉽지 않은 상황에서 그들은 극도로 폐쇄적이고 방어적인 전략을 구사하고 있다.

그런 곳은 공격하는 것도 쉽지 않다.

“그 부분에 대해서는 제가 생각을 좀 해 보지요.”

“자네가 나서겠다는 건가?”

“칼침 맞고서 그냥 물러날 수는 없지 않습니까?”

이게 성공한다면 성화는 무차별적인 살인을 시도할 것이다.

자신뿐만 아니라 대룡의 주요 멤버들 그리고 새론의 변호사들에게까지 말이다.

최악의 경우 가족들에게까지 칼을 들이밀기 시작할지도 모른다. 증거를 없애는 거야 어려운 일이 아니니까.

‘그렇게 둘 수는 없지.’

노형진은 자신의 복수를 위해서라도, 그리고 주변 사람들을 위해서라도 그들을 응징하기로 결심했다.

-오늘 대통령 각하께서는…….

1인실에 있다 보면 머리가 복잡해진다.

혼자서 방 안에 있는다는 것은 생각보다 쉬운 게 아니다.

마음 같아서는 느긋하게 다인실로 옮기고 싶은 게 노형진의 마음이다. 다인실은 다른 환자들과 이야기도 하면서 사람 사는 걸 느낄 수 있으니까.

하지만 살인미수 사건의 피해자라 보안 때문에 그럴 수가 없었다.

결국 노형진이 다른 사람을 만나는 것은 휴게실로 나올 때뿐이었다. 하지만 휴게실로 나와 봐야 마음이 편한 것도 아니었다.

"아니, 씨발. 지금 무슨 60년도여?"

"왜 그러슈?"

"아니, 뉴스만 틀면 맨날 대통령부터 찾아? 땡전 뉴스여, 무슨?"

"아니, 우리 각하가 어때서?"

"각하는 무슨."

"아니, 우리 각하 같은 사람이 어디 있다고!"

"저딴 놈이 무슨 각하여!"

"뭐라고!"

언성이 높아지는 모습을 보던 노형진은 고개를 흔들었다.

'잘하는 짓이다.'

부부나 부모 자식 관계도 끊어 버리는 게 정치 싸움이다. 그런데 모르는 사람끼리 싸움이 붙었으니 그게 쉽게 그칠 리 없다.

'하지만 이건 너무 심하기는 한데…….'

노형진은 아무래도 조용히 있기는 무리라고 생각하면서 뉴스를 보았다.

-각하께서는 오늘…….

'확실히 켕기는 게 많은 모양이야.'

노형진은 정치에 대해서는 최대한 중립적으로 생각을 가지려고 노력하고 또 거리를 두려고 하고 있다.

그러나 현실적으로 그게 쉬운 것이 아니거니와, 심리적으로 알 수 있는 것도 있다.

가령 언론을 통해 자화자찬성 발표가 많은 정부일수록 켕기는 것이 많다는 것이며, 그러한 뉴스가 전면에 나설수록 그 정부는 무능하다는 것이다.

자신이 없어서 뉴스를 통제하려고만 하다 보니 일어나는 현상이다.

뉴스라는 것은 태생적으로 부정적인 것을 우선시하도록 되어 있다.

그러니 외부의 압력이 없다면 정치적으로 부정적인 뉴스가 전면에 나서고, 그 후에 정부의 업적 같은 게 나가며, 뒤쪽에서 사건 사고를 발표하는 것이 보통의 순서다.

그런데 요즘은 방금 말한 남자의 말대로 '땡' 하고 뉴스가 시작됨과 동시에 치적 발표에 열을 올리고 있다.

"뭐, 상관없지."

정확하게는, 상관이 없다기보다는 그로 인해 얻을 이익을 포기할 생각이 없다는 게 맞는 말이다.

노형진이 정의로운 사람이기는 하지만 바보는 아니다.

자신이 개인적으로 어떻게 해 봐야 정치적인 부분에는 한계가 있고 그들과 연관되면 좋은 꼴은 못 본다는 걸 잘 안다.

누군가는 그런 그를 욕할지 모르지만, 그건 현실이다.

더군다나 현 정권과 다음 정권은 자신을 반대했던 사람들에게 공공연하게 보복했던 자들이다.

아직 자신의 계획이 완성되지 않은 상황에서 그들에게 약점을 잡힐 수는 없는 노릇.

"들어가서 잠이나 자야겠다."

노형진은 그렇게 말하면서 몸을 돌렸다.

그 순간 그의 귀로 아나운서의 목소리가 흘러들어 왔다.

-각하께서는 이번에 미국의 글로벌 은행사인 스탠다드 디엄에 대해 구입을…….

마치 마법처럼 귀에 들어오는 그 말.

노형진은 그 자리에 굳은 채로 고개를 돌렸다.

업적이 어쩌고 미래가 어쩌고 하는 말이 계속 나오고 있었다. 그리고 그 말은 노형진에게 마치 감로수처럼 달콤했다.

"후후후후."

드디어 복수의 길이 열렸다는 생각에 노형진은 미소를 지을 수 있었다.

떡밥

"해외투자?"

"그렇습니다."

노형진은 미소를 지으면서 말했다.

노형진의 말에 송정한은 어리둥절할 수밖에 없었다.

"그걸 왜 우리가 하란 말인가?"

"하라는 게 아니라, 하는 척하시라는 말입니다."

"하는 척?"

"네. 현 정부에서는 해외투자에 적극적인 거 아시죠?"

"그건 그렇지."

정부에서는 자원을 확보하기 위해 자원 외교라는 미명하에 여러 곳에 투자하고 있으며, 뉴스에서는 연일 그 업적을 칭송하고 있다.

'하지만 대부분은 빛 좋은 개살구지.'

노형진은 이번 자원 외교가 실패한다는 것을 알고 있었다.

그럴 수밖에 없는 게, 정식 계약이 아닌 MOU가 대부분이기 때문이다.

MOU란 일종의 양해 각서로, 여기에 자원을 개발한다면 당신들과 최우선으로 거래한다는 정도의 약속이라고 보면 된다.

문제는 그 자원이 진짜 있는지 확인도 되어 있지 않거니와, 설사 있다고 치더라도 그걸 채굴해서 수지타산이 맞는지도 확실하지 않다는 것이다.

그리고 이건 양해 각서다. 따라서 법적인 아무런 능력도 없어서, 진짜로 개발된 것을 다른 곳과 거래해도 아무런 말도 못 한다.

"그런데 왜?"

"제가 그중 확실하게 망하는 곳을 몇 군데 알고 있습니다."

"그게 무슨 말인가? 확실하게 망하는 곳이라니?"

"제가 다른 데서 어떻게 활약하고 있는지 아시지요?"

"음."

유민택은 고개를 끄덕거렸다.

그는 노형진이 투자하는 족족 성공하고 있다는 것을 잘 알고 있었다.

"미다스의 손 말인가?"

"네."

"자세하게 이야기를 좀 해 보게."

노형진은 최대한 목소리를 낮춰서 이야기하기 시작했다.

"퍼시픽 홀룸이라는 곳이 있습니다. 정부에서 구입 의사를 타진하고 막대한 자금을 투자하려고 하는 중이지요."

"그래, 그건 알지."

퍼시픽 홀룸은 미국에 있는 대형 투자사다.

그게 매물로 나왔고, 정부에서는 무려 1조 3천억이나 들여서 구입했다.

'하지만 망했지.'

그것도 확실하게 파산해 버렸다.

1조 3천억을 들여서 구입했는데 구입한 지 세 달도 안 되어서 파산해 버렸다.

터무니없는 말이지만 현실이었다. 기존의 명성만 믿고 제대로 조사도 안 하고 구입한 것이 화근이었다.

'아직은 정부에서 그걸 구입할 때가 아니지.'

매물로 나오기는 했지만 아직까지 정부에서 구입하려고 하고 있는 거지 완전 계약을 체결한 건 아니다.

"그곳에 우리가 투자하는 겁니다."

"투자?"

"네. 정확하게는 구입하려고 하는 거죠."

"그게 무슨 말인가? 확실하게 망하는 곳을 알고 있다면서?"

"네. 확실하게 망합니다, 그곳은."

노형진은 유민택에게 계획을 설명하기 시작했다.

현재 성화는 대룡과 싸우면서 길을 찾기 위해 노력하고 있다.

세력에서 밀리고 있었던 김씨 일가는 적극적으로 뇌물과 불법을 이용해 가면서 자신들을 지키려 하고 있었는데, 그 덕분에 지난번에도 정부에서 지지해 줘서 잘리지 않았다.

"엄밀하게 말하면 정부와 친한 건 성화입니다. 우리 대룡이 아니라."

"그건 그렇지."

대룡은 표면적으로 바른 기업을 지향하고 있다.

사업을 하다 보면 뇌물이나 접대를 안 할 수는 없지만, 어찌 되었건 표면적인 이유가 있어서 다급한 성화에 비해 상당히 적게 할 수밖에 없고, 정부 관계자들은 그걸 상당히 마음에 안 들어 한다.

"그런 상황에서 우리가 퍼시픽 홀룸 구입에 투자 의견을 낸다면 어떨까요?"

"글쎄?"

"정부의 반응이 아니라 성화의 반응을 생각해 보세요."

"성화라……."

유민택은 고개를 숙이고 곰곰이 그들의 전략과 그동안의 상황을 판단했다.

그리고 얼마 지나지 않아서 어렵지 않게 그들의 행동을 유추할 수 있었다.

"그걸 구입하려고 하겠군."

"그렇겠지요."

성화는 대룡과 싸우는 상황이고 돈이 될 만한 데에는 다 진출하려고 하고 있다. 그때마다 대룡이 방해해서 제대로 되는 것은 없지만 말이다.

반대로 그들은 대룡이 뭐라도 하려고 하면 결사적으로 방해를 한다. 그게 기업 간의 싸움이다.

"전 지금부터 퍼시픽 홀름 주식을 몰래 모을 겁니다."

"그걸 몰래 모을 거라고?"

"정확하게는, 몰래 모으는 척할 겁니다."

한쪽에서는 주식을 팔고, 한쪽에서는 주식을 산다.

차명으로 그 모든 거래가 이루어질 것이다.

수수료는 나갈 테지만 개인적인 돈이 순환하는 것이기 때문에 큰 피해는 입지 않을 것이다.

"아!"

그렇게 말하자 유민택은 바로 노형진의 계획을 알아들었다.

"거래량을 늘리겠다 이거군."

"네."

기업의 주식 거래량이 늘어난다는 것. 그건 호황이 될 거라는 반증이다.

"전 사는 양보다 파는 양을 줄일 겁니다. 그러면 어떻게 될까요?"

"호가가 오르겠군."

즉, 사자 주문이 많아지게 되며 주식의 가격이 오르게 된다.

"그런 상황에서 우리가 거기에 투자한다고 하면……."

"성화는 눈에 불을 켜고 달려들겠지요."

물론 대룡만 그런 거라면 그들도 의심할지도 모른다. 그러나 노형진이 끼어들면 이야기가 달라진다.

그들도 모르는 노형진의 신분, 미다스의 손.

언제나 승승장구하는 마법의 투자자.

"그가 퍼시픽 홀룸에 투자한다면 아마도 그들은 이게 무척이나 큰 거래일 거라고 생각할 겁니다."

"그렇겠지. 우리는 거기에 끼어들어서 거품을 늘리고 말이야."

"네."

정부 입장에서는 그냥 구입하는 것보다는 기업을 끼고 구입하는 것이 훨씬 유리하다.

부담도 덜하고 경제를 생각한다는 이미지를 만들기도 쉽고, 실패 시 책임도 떠넘길 수 있다.

"우리한테는 안 팔겠군."

"그렇게 만들어야지요."

성화는 막대한 로비를 할 테고, 더군다나 그들은 대룡과 다르게 정부와 가깝다.

대룡이 조건을 조금만 불리하게 한다면 정부는 사업 파트너로 성화를 선택할 것이다.

"흐흐흐."

유민택의 눈에서는 광채가 돌았다.

성화는 지금 몰락해 가는 배다. 당장 월급을 주는 것도 빠듯한 상황에서 그들이 퍼시픽 홀룸 정도의 타격을 입으면 부활은 불가능해진다.

"성화도 피해가 없지는 않을 겁니다. 못해도 수억은 날 테지요."

사업 준비는 그냥 하는 게 아니다.

돈도 들고, 아무리 함정이라고 하지만 뇌물을 안 쓰면 그것도 의심받을 수밖에 없다. 결국 나갈 돈은 있다.

"아마도 한 20억 이상 손해가 날 겁니다."

"상관없네."

성화에 한 방 먹일 수만 있다면 그 정도 피해는 충분히 감수할 만한 일이다. 그러니 유민택의 입장에서는 손해 볼 게 없다.

"그런데 자네도 손해 아닌가? 아무리 차명으로 거래한다고 해도 수수료가 적지는 않을 텐데?"

"그렇겠지요. 저도 몇십억은 손해 볼 겁니다."

"그래도 상관없나?"

"제 배에다가 칼을 꽂은 보복은 해야지요."

사실 노형진은 자신의 재산까지 써 가면서 싸울 생각은 없었다.

하지만 그들은 명백하게 노형진을 노렸다. 업무적인 싸움이 아닌, 킬러를 보내는 방식으로 말이다.

"그들을 그냥 두면 저뿐만이 아니라 많은 사람들이 위험해질 겁니다."

"하긴. 녀석들이 한 번만 하고 말 녀석들이 아니지."

애초에 성화는 조폭들과 연계되어서 성장한 곳이다. 그러니 이런 방법을 한 번만 쓸 리 없다.

"하지만 주변에서 뭐라고 하지 않을까? 아무리 성화가 몰락 중이라고 하지만 제대로 된 놈이 없을 것 같지는 않은데?"

"성화의 시스템에서 그 말이 제대로 먹힐 거라고 생각하십니까?"

"음?"

"더군다나 정부에서 적극적으로 미는 사업에서?"

"아…… 그렇겠군."

정부에서 밀고 대룡에서 덤벼들며 미다스의 손이 투자를 하는데 그걸 의심스럽다고 못 하게 한다면, 그놈은 천재 아니면 바보다.

그리고 어느 쪽이든 기업에서는 그다지 환영받지 못한다.

당연히 아무리 이상하다고 말해 봐야 누구도 듣지 않는다.

하물며 성화는 회장과 김씨 일가의 말이 절대적이다. 그러니 누군가 이상하다고 해 봐야 해직이나 안 당하면 다행이다.

"그런 천재가 있다면 내가 스카우트해 오도록 하지, 흐흐흐."

유민택은 운이 좋으면 성화의 관짝에 못질을 할 수 있을지도 모른다는 생각에 기분이 좋아졌다.

다음 날부터 노형진은 바로 퍼시픽 홀룸에 대한 주식 모집에 들어갔다.

노형진, 아니 미다스의 손에 대한 소문은 사방에 퍼져 있었고, 그 소문이 돌자 다들 '설마.' 하는 생각을 하기 시작했다.

"미다스가 퍼시픽 홀룸의 주식을 산다고?"

"미친 거 아냐?"

"아니지. 그 사람이 어디 실패한 적이 있나? 우리가 미쳤다고 할 때마다 뭐 하나씩 터져 줬잖아?"

"그렇기는 한데."

많은 기업들이 쓰러지고 넘어가는 이 사회에서 미다스는 언제나 성공했다.

누구도 신경 쓰지 않는 기업들의 주식을 살 때도 있었고, 다들 회생이 불가능하다고 하는 곳의 주식을 사는 경우도 있었다.

모두가 미쳤다고 했지만 그는 언제나 성공했다.

얼마 전에도 뜬금없이 제약 회사에 투자했는데, 그곳에서 얼마 후 신약 개발에 성공했다고 했다. 망하는 것만 남았다고 생각하던 곳이었는데 말이다.

"모르지, 그곳에서 또 큰 건이 있는 건지."

"그러고 보니 한국에서 그곳에 관심을 보인다고 하지 않았어?"

"그렇다고 하더군."

"우연치고는 이상하지 않아? 국가 차원에서 관심을 보이는 경우가 많지는 않잖아."

"그건 그러네."

미국 투자자들은 자기들의 입장에서 생각하고 말았다.

그들은 실적을 위해 국가 예산을 날려 버린다는 것을 이해하지 못하고, 미래가 있으니까 국가에서 관심을 가진다고 생각했던 것이다.

"하지만 딱히 뭐가 없어 보이는데."

투자 전문가들도 이해할 수가 없었다.

그들은 나름의 정보력이 있어, 분위기에 휩쓸려서 거래하는 사람들이 아니었기 때문이다.

"정보는 없는데."

"회생이나 가능하면 미래라도 생각해 보겠는데."

고민하는 그때였다.

갑자기 회의실 문이 열리면서 동료 한 명이 들어왔다.

"이봐! 소식 들었어?"

"소식?"

"한국의 거대 기업이 퍼시픽 홀룸에 관심을 가지고 있다는데?"

"뭐?"

"아니, 왜?"

"모르지."

"우리가 모르는 다른 정보가 있나?"

"그럴 리가. 우리가 모르는데 그들이라고 알 리 없지. 설사 그렇다고 한들 그들이 아는 걸 미국 정부가 모를까?"

"음."

다들 수긍할 수밖에 없었다.

자신들은 개인이니 그들보다 정보력이 약할 수도 있다.

그러니 그들이 자신들이 알지 못하는 정보를 알 수도 있다.

하지만 정보력을 따지면 미국 정부가 한국보다 훨씬 압도적이다.

그런데 미국도 알게 모르게 퍼시픽 홀룸에 대한 지원을 포기하고 관련자들은 주식을 내다 팔고 있다. 오로지 한국과 미다스만 달라붙고 있는 상황.

"뭐 어쩌라는 거야?"

그들은 이걸 사야 하나 팔아야 하나 고민하기 시작했다.

"김 의원님, 이번에 잘 좀 부탁드립니다."

"김 부장, 자네 마음은 아네만, 내가 뭐든 다 해 줄 수 있는 건 아니지 않은가?"

김 의원은 현 대통령과 친한 실세로 분류되는 사람이다.

그는 현 대통령과 직접 통화할 정도로 그의 계파에서 수장급인 위치에 있었기에 뭐든 하려고 한다면 그를 통해야 한다는 것은 일종의 불문율이나 마찬가지였다.

"저희도 이번 거래에 끼고 싶습니다."

"김 부장, 퍼시픽 건은 정부에서도 상당히 공을 들이는 건이네. 내가 마음대로 기업의 투자를 결정할 수는 없어."

"전부 다 사겠다는 게 아닙니다. 조금만 끼워 주시면 섭섭지 않게 하겠습니다."

김 부장은 그렇게 말하면서 고개를 푹 숙였다.

"어허, 참."

김 의원은 곤란하다는 듯 고개를 돌리면서도 속으로는 미소를 지었다.

'그렇지, 이렇게 나와야지.'

발아래로 뭔가가 툭툭 치는 느낌이 났기 때문이다.

김 부장이 미치지 않고서야 자신에게 발 장난을 걸 리 없으니 거기에 뭔가가 있다는 뜻이었다.

"잘 부탁드립니다, 의원님."

"흠, 내 거국적 의미에서 나라를 위해 한번 생각해 보겠네."

"저희 대룡에서는 이번 건에 많은 기대를 하고 있습니다."

"아네, 허허허."

아까와는 다르게 얼굴에 싱글벙글한 미소로 가득한 김 의원.

김 부장은 그 모습을 보고 되었다는 생각이 들었는지 씩 웃었다.

"그나저나 오늘은 늦었는데 댁으로 모셔다드릴까요?"

"아니야. 정치인이란 자고로 주변이 깨끗해야지. 대기업에서 데려다주는 모습이 찍히면 서로 곤란하니까. 아무리 서로 관련이 없다고 해도 말일세."

"하긴 그렇지요. 그러면 먼저 실례해도 될까요?"

"험험, 그러게."

"죄송합니다, 의원님."

김 부장은 일어나서 고개를 푹 숙이고는 방 바깥으로 나갔다.

그리고 그가 나가자마자 김 의원은 몸을 수그려서 발아래 있는 하얀 봉투를 집어 들었다.

"흐흐흐."

자고로 무슨 일이든 하려면 적당한 기름칠을 해야 하는 법이다.

그래서 김 의원은 그 기름을 기대하고 있었다.

그는 봉투를 열고서 그 안을 살폈다. 그리고 대번에 눈을 찡그렸다.

"장난해? 누구 엿 먹이려고 작정한 거야, 뭐야?"

거기에는 무려 3천만 원짜리 자기앞수표가 있었다. 어지간한 사람의 1년 연봉이었지만, 김 의원에게는 푼돈도 이런 푼돈이 없었다.

"몇조짜리 사업에 끼고 싶다면서 고작 3천? 이 새끼들이 미쳤나? 거기에다가 수표? 지금이 어느 때인데?"

이 수표를 그대로 은행에 넣으면 자신이 뇌물을 받았다는 확실한 증거가 된다.

그러니 당연히 현금화해야 하는데, 그러기 위해서는 30%는 떼어 줘야 한다. 즉, 자신에게 돌아오는 돈은 2천만 원이라는 소리다.

"아니, 이 인간이 새로 부장 달았다고 하더니 뭔 개념이 이렇게 없어?"

툴툴거리면서 수표를 품에 집어넣는 김 의원.

마음에 안 들지만 버릴 생각은 없기 때문이다.

어차피 이건 공돈이라는 개념이 더 강했다. 자신에게는 진정한 물주가 있으니까.

애초에 자신을 상대로 이사도 아닌 부장을 보낸 대룡이 고깝기도 했고 말이다.

"어, 최 이사? 난데, 잠깐 봐야겠어. 시간 좀 되나?"

그는 주머니가 두둑해지는 상상을 하면서 속으로 미소 짓고 있었다.

김일성은 김두필에게 보고를 받으면서 심각한 표정을 지었다.

"그러니까 대룡 녀석들이 미국에 있는 기업의 구입에 관심을 보인다 이거지?"

"그렇습니다, 아버지. 아니, 회장님."

"그 퍼시픽 홀룸이라는 곳이 어떤 곳인데?"

"투자회사입니다."

"투자회사라……."

투자회사는 여러 곳에 투자하면서 돈을 버는 곳을 말한다.

반대로 말하면 상당한 기업이 지분을 가지고 있는 기업이라는 뜻이다.

"그런데 왜 그런 곳에 관심을 가지는 거지?"

"정부에서도 관심을 가지고 있으니까요. 그리고 정보에 따르면, 미다스도 그곳의 주식을 매입하고 있다고 합니다."

"미다스도?"

"그렇습니다."

"흠."

김일성은 고민에 빠졌다.

지금은 확실하게 실적을 보여 줘야 하는 시점이다.

지난번 쿠데타 사건 이후에 관련자들을 징계한다고 했지만, 정작 직원도 아닌 주주들을 징계할 방법은 없었다.

결론적으로 언제 다시 자신들의 목을 치겠다고 주주들이 모일지 알 수 없는 상황.

"다른 정보는?"

"그게…… 아무래도 우리가 모을 수 있는 정보가……."

"끄응."

기업의 규모가 크다고 해도 미국에 대한 정보에는 까막눈이나 마찬가지다.

미국에 진출하려고 하던 당시에 함께 진출하던 대룡을 엿 먹이려고 그들의 상품을 가짜로 만들어서 대장균을 넣어서 유통시키다가 걸렸는데, 그 사건을 미국에서는 자국에 대한 테러로 인식했기 때문이다.

결과적으로 어찌어찌 사장의 독단적 범행으로 몰아가는 데는 성공했지만 어마어마한 징벌적 배상을 해 줘야 했을 뿐만 아니라 그 사건 이후에 미국 정부는 성화의 모든 사업에 대해 색안경을 끼고 바라보고 있었다.

그 바람에 제대로 된 지점을 만들 만한 여건이 되지 않아서 미국의 정보를 얻을 수 있는 방법이 한정적이었다.

"퍼시픽 홀룸이라……."

"김 의원님께서 연락을 해 왔습니다. 그들이 뇌물을 주면서 구입에 끼어들고 싶다고 했답니다."

"그 녀석들은 우리가 모르는 뭔가를 알고 있는 건가?"

"그럴 수도 있지요."

미다스도 그렇고 대룡도 그렇다. 그 녀석들이 뭔가를 노리지 않는다면 이렇게까지 적극적으로 구입에 나설 리 없다.

"김 의원이라……. 적지 않게 요구했겠군."

"그래도 쓸 만한 정보를 얻었습니다."

"쓸 만한 정보?"

"네. 대룡에서는 이번 일에 사활을 걸고 나서고 있다고 합니다. 미다스의 신분도 의심해 봐야 하고 말입니다."

"미다스의 신분이라……."

김일성은 입을 다물었다.

미다스는 엄청난 돈을 가지고 있는 유명한 투자자다. 많은 사람들이 그를 찾으려고 했지만 실패했다.

노형진이 미다스라는 것을 아는 사람은 극히 드물고, 전면에 나서는 경우도 없으니까.

하지만 지난번에 모종의 정치적 사건으로 그의 신분이 의심되는 곳은 있었다.

"진짜로 미다스가 CIA 소속이라고 생각하나?"

"그렇지 않다면 미다스의 그동안의 승률이 설명이 안 됩니다."

노형진이 과거 자신을 추적하던 정치인, 아니 정부를 떨쳐내려고 한 적이 있었다.

한국 정부는 미다스가 한국인이며 엄청난 돈을 가지고 있다는 가정하에 정치자금을 요구하기 위해 그를 추적했는데, 그때 노형진은 자신의 정보를 교환하는 조건으로 미다스를 CIA의 일종의 자금 관련 세탁 기업으로 위장했던 것이다.

그리고 그 정보는 이들에게까지 들어갔고 말이다.

"그렇기는 하지."

"그렇다면 극비리에 그들이 움직이고 있다고 봐도 무방하다고 보입니다. 설마 CIA가 손해 볼 일을 하고 있지는 않을 테니까요."

"흠."

"그리고 그걸 대룡이 알아챈 것으로 보면 될 것 같습니다. 대룡도 미다스가 CIA라는 정보는 들었을 테니까요."

"하긴."

어떤 기업들은 큰 건이 터지기 전에 절대로 기밀을 유지한다.

아니, 대부분의 기업이 그렇다. 그래야 이익을 최대로 늘릴 수 있기 때문이다.

그런 의미에서 미다스라는 존재는 절대로 무시할 수가 없다.

현대에서는 정보야말로 돈이니 이렇게 성공할 정도의 정보를 가지고 있는 자는 CIA 정도는 될 거라고 생각했던 것이다.

"퍼시픽 홀름이라……."

김일성은 그곳에 대한 관심이 부쩍 생겨나기 시작했다.

“절대 안 됩니다!”

한만수는 회장의 말에 정면으로 반박했다.

다들 기겁한 표정으로 바라보았지만 한만수는 그들이 뭐라고 하든 자기가 할 말은 해야 했다.

“절대로 안 됩니다! 정확한 정보도 없이 투자를 결정할 수는 없습니다!”

“하지만 다른 곳은 다 하는데?”

“우리는 성화입니다! 동네 구멍가게가 아니라 성화! 비록 중견 기업으로 떨어졌다고 하지만 동네 아줌마들처럼 좋다고 따라갈 수는 없습니다.”

한만수의 말에 김일성은 그를 물끄러미 바라보았다.

“그래서 안 된다는 증거는?”

“네?”

“자네가 말하지 않았나, 명확한 증거가 있어야 한다고. 다른 곳에서 다 하는데 우리가 해서는 안 된다는 증거는 뭔가?”

“그게…….”

그의 말에 숨이 턱 막히는 한만수.

말도 안 되는 논리다. 증거가 없으니 반대하지 말라니.

“맞네. 자네가 의견을 이야기하려면 증거를 가지고 와야지. 암.”

언성을 높이는 이사들을 보면서 한만수는 앞이 캄캄해졌다.

'이를 어쩌란 말인가?'

지난번 쿠데타 사건 이후에 김일성은 돌변했다. 자신에게 반대하는 사람들을 절대로 믿지 않고 도리어 몰아내려고만 했다.

그럴 수밖에 없는 게, 그 당시 그를 몰아내려고 했던 사람들 중에는 이사나 사장단도 있었기 때문이다.

그들은 자신의 직장이 무너지는 것을 그냥 두고 볼 수만 없어 결국 반기를 든 것이다.

그 전에 발각되면서 결국 도리어 해직당했지만 말이다.

자신만 해도 그 덕분에 이사를 달았고.

'이건 정상적인 구조가 아니야.'

자신의 자리를 지키기 위해 그 많은 사람들을 잘랐다는 것은 자신의 자리를 공고하게 하기 위해서라고 할 수도 있다.

그것까지는 좋은데, 그 이후부터 김일성은 자신의 일에 반대하거나 자신의 말을 따르지 않는 사람을 미묘한 시선으로 보기 시작했다.

'나이 먹으면 판단력이 흐려진다더니…….'

적 아니면 아군. 이런 논리는 기업을 하는 입장에서 상당히 위험한 생각이다.

나이 먹으면 사람은 판단력이 떨어진다. 그걸 경험으로 메꾸는 것이 사람인데, 정상적인 사람이라면 정상적으로 메꾸겠지만 김일성은 그렇지 못한 것이 문제다.

"그래서 내 말에 반기를 드는 건가?"

"반기가 아니라 위험하다는 말씀을 드리는 겁니다. 이대로 그냥 진행하면 안 된다는 겁니다."

"그러다가 대룡에서 모조리 채 가면? 지금 이 순간에도 대룡에서 그 기업을 사기 위해 노력하고 있는 거 모르나?"

"모르는 건 아닙니다만, 일단은 확실하게 안전을 위해 접근하시는 것이……."

"자네는 내가 얼마나 거친 세상을 헤치고 여기 왔는지 모르는 모양이군. 내가 고작 그 정도에 쓰러질 거라 생각하나?"

한만수는 정신이 아득해지기 시작했다.

"후우."

한만수는 고개를 숙이고 소주를 들이켰다.

"그러니까 왜 반박을 해? 어떻게 된 이사인데?"

"어떻게 된 이사 자리긴. 위에서 모가지 날아가서 된 이사지."

"……."

친구의 말에 그는 한숨부터 나왔다.

얼마 전 있었던 쿠데타 사건.

그건 단순히 주주들만 모여서 할 수 있는 게 아니었다.

그럴 수밖에 없는 게, 주주들은 다른 주주들의 연락처를 모른다. 그들을 모으기 위해서는 누군가 도움을 줘야 한다.

그리고 그 역할을 맡았던 것은 일부 사장단과 이사진이었다.

"이건 완전히 폭주하는 기관차나 마찬가지야. 브레이크도 없고 안전장치도 없고."

아무리 김일성이 틀어쥐고 있는 회사라고 하지만 엄연히 주식회사인 성화가 그의 마음대로 뭐든 하는 데에는 한계가 있다. 다른 계파도 있기 마련이니까.

그들의 충성의 대상은 김일성이 아니었기에 그들은 김일성, 아니 김씨 일가가 성화를 망하게 한다고 생각해서 축출을 시도했다.

하지만 그 전에 발각되었고, 그 사건 이후 김일성은 지독한 의심을 하기 시작했다. 조금만 자기 말을 거부하거나 의견에 반하면 바로 해직이라는 보복을 하기 시작한 것이다.

그래서 얻은 자리다.

얼마 전까지만 해도 그는 고작 부장이었다. 물론 능력이 있어서 거기까지 갔지만 이사는 꿈도 못 꿨다.

그런데 그런 그가 이사가 된 것은 위에 있던 사람들이 마치 벼 이삭처럼 후두둑 잘려 나가서였다.

"알잖아? 너도."

"그거야 그렇지."

친구는 안타깝다는 얼굴이 되었다.

그는 사람은 좋은 편이었지만 상대적으로 무능력한 사람

이었다. 그래서 한만수가 부장을 달 때 그는 만년 과장 자리를 지키고 있었다.

서로 계급을 떠나서 입사 동기이자 사람만 보고 우정을 나누었기 때문에 이런저런 이야기를 할 수 있었다.

"내가 가장 잘 알걸."

"그렇겠지. 넌 과장이니까."

부장만 되어도 별실을 주고 따로 격리된 삶을 살기 시작한다. 그래서 직원들을 이해하지 못하게 된다.

"타도 대룡."

"반대룡이지, 후후후."

성화와 대룡의 전쟁을 모르는 사람은 없었고, 그들은 대룡을 원수처럼 여겼다.

당연하다면 당연한 거다.

몇 년 전만 해도 성화라고 하면 사람들이 부러워하는 대기업이었다. 그런데 어느 순간 망해 가기 시작했고, 자신들의 직장이 위험해졌다.

그리고 내부에는 반대룡 분위기가 불기 시작했다.

"그게 나쁜 건 아니야. 하지만 오로지 반대룡이면 곤란하다고."

증오는 때로는 뭔가를 하기 위한 추진력이 될 수도 있지만, 반대로 눈을 가리고 일을 망칠 수도 있다.

정치만 해도 그렇다.

누군가에게 증오를 가지고 반대만 하면 사람들은 그저 반대만 하는 자라고 생각해서 떠나간다. 증오로 그보다 더 뛰어나다는 걸 증명해야 사람들은 자신을 추종하게 된다.

그런데 지금 성화는 그렇지 못한 상황.

"오로지 반대룡, 반대룡이야!"

터무니없는 명령도 대룡을 꺾어야 한다는 미명하에 집행되고 있었다.

"이대로는……."

한만수가 한숨을 쉬면서 소주를 입으로 털어 넣었다.

그때 옆에 있던 사람에게서 낯선 목소리가 들려왔다.

"이대로는 망하겠죠."

"응?"

한 칸 떨어진 자리에 앉아 있던 남자의 목소리.

보통은 술자리에서는 옆자리 사람에게 상관하지 않는다. 그런데 자신들의 대화에 끼어드는 목소리에 두 사람은 고개를 돌렸다.

"합석해도 될까요?"

대화에 끼어든 것도 모자라서 아예 잔을 들고 자신들의 자리로 다가오는 두 사람.

한만수는 그들을 보면서 눈을 치켜떴다.

"누구신지?"

"노형진이라고 합니다. 이쪽은 유민택 회장님입니다."

두 사람은 얼굴이 딱딱해졌다.

세상에서 바보가 아닌 이상에야 그들이 누군지 모르지는 않으니까.

“별로 합석하고 싶지 않군요.”

자리에서 벌떡 일어나는 한만수.

노형진은 그를 잡지 않았다. 다만 피식하고 웃을 뿐이었다.

“그러면 내일 아침에 백수가 되실 겁니다.”

“뭐라고요?”

노형진은 손을 까딱거렸고, 반대쪽에 있던 손님이 피식 웃으면서 자신의 핸드폰을 가지고 왔다.

그리고 그곳에는 네 사람이 자연스럽게 합석되어 있는 모습이 찍혀 있었다.

“당했다.”

노형진과 유민택이 다짜고짜 이쪽으로 올 때부터 이상하다고 생각은 했지만 설마 이런 사진을 찍어 뒀을 줄이야.

“내일 아침에 성화에 뿌려질 사진이지요. 마음에 드십니까? 구도가 마음에 안 드셔도 어쩔 수 없습니다만.”

“원하는 게 뭡니까?”

“일단 앉으시죠.”

노형진은 느긋하게 한만수에게 자리를 권했다.

한만수는 자리를 뜨고 싶었지만 그럴 수가 없었다. 저 사진이면 자신의 인생은 파멸이니까.

"크으……."

어쩔 수 없이 자리에 앉는 한만수.

노형진은 비어 있는 그의 소주잔에 술을 부으면서 중얼거렸다.

"증인을 모으겠다는 허황된 생각은 하지 마세요. 이 술집은 우리가 전세 냈습니다. 여기 있는 사람들, 다 우리 측 사람이에요."

"크윽."

주변을 둘러보던 친구의 입에서 한숨이 나왔다.

"어쩐지 오늘은 이상하게 손님이 적더라니."

이 껍데기집은 평소에도 사람들이 적지 않게 오는 곳이었다. 그런데 오늘은 이상하게 사람이 적다고 생각했더니 설마 전세를 냈을 줄이야.

"왜 이러는 겁니까?"

"이야기를 해 보고 싶어서 말이죠."

"이야기? 무슨 이야기? 당신들과 우리가 무슨 이야기를 할 게 있다고."

으르렁거리는 한만수.

노형진은 그를 보면서 피식 웃었다.

"당신 이직요. 그리고 당신이 가지고 올 성화의 비밀들."

"이거 미친 거 아냐?"

한만수는 어이가 없다는 표정이 되었다.

자신은 이직을 할 생각이 없다. 그런데 이직이라니? 거기에다가, 비밀이라니?

물론 자신은 성화의 이사다. 1급비밀까지는 아니지만 이직하게 되면 많은 정보를 가지고 가게 될 것이다.

추후 어떤 사업을 하게 될지, 또는 어떤 식으로 대응하게 될지까지, 사소하지만 방향을 알 수 있는 것들 말이다.

"내가 가지고 간다고 해서 그걸 회사에서 모를 거라고 생각해요?"

"압니다. 알겠지요. 그래서 가지고 오라고 하시는 겁니다."

"뭐라고요?"

자신이 정보를 가지고 갈 거라는 사실을 알 거라니?

하지만 다음 말에 그는 얼굴을 사정없이 찡그려야 했다.

"만일 정보를 가지고 왔다는 것을 알아차렸다면 회사에서는 어떻게 해야 할까요? 그리고 그것에 얼마나 많은 돈이 들어갈까요?"

"크윽!"

한만수는 '아차.' 하는 얼굴이 되었다.

맞는 말이다.

비밀은 이쪽에서 가지고 갔다는 걸 몰라야 그 가치가 있다고 생각했다.

하지만 만일 자신이 이사의 직권을 이용해서 어마어마한 양의 비밀을 가지고 간다면?

회사의 입장에서는 그걸 다 바꿔야 하는데, 기업의 방향성을 바꾼다는 것은 못해도 수십억의 피해가 발생하는 일이다. 그중의 일부는 바꾸고 싶어도 바꿀 수가 없는 것이고 말이고.

"네놈들은……."

한만수는 이를 악물었다.

걸려도 그만, 안 걸려도 그만이라는 얼굴.

"허허허."

유민택은 노형진에게서 이 계획을 들었을 때 터무니없다고 생각했다.

하지만 노형진의 말대로 된다면…….

'어찌 보면 기업의 비밀을 가지고 오는 것보다 더 이득이다.'

비밀을 바꿀 수 있지만 회장은 바꿀 수 없다.

한번 실패했고, 김일성이 그걸 그냥 둘 리는 없다.

"싫으면 말든가요."

능글거리는 표정으로 말하는 노형진.

유민택은 이쯤에서 자신이 끼어들라는 뜻이라는 것을 알아채고는 슬쩍 대화에 끼었다.

"어차피 자네도 성화가 몰락하는 건 알고 있지 않나? 대룡이라면 충분히 좋은 직장이네만."

"……."

그건 사실이다.

대룡은 복지도 좋고, 이제는 성화보다 훨씬 큰 곳이다. 하지만 자신은 그들과 싸우던 자다.

"솔직히 말해서 자네가 우리한테 와도 자네에게 좋은 자리는 주지 못하네. 최소한 성화가 망할 때까지는 말이야."

"그걸 알면서 오라는 겁니까?"

비웃는 듯한 표정이 되는 한만수.

"하지만 훨씬 안정적이겠지. 이사 자리가 얼마나 갈 것 같나? 1년? 2년? 과연 성화가 끝까지 버틸 수 있을까?"

"……."

"애초에 자네, 이번에 김일성 회장에게 찍히지 않았나?"

"그, 그걸 어떻게……?"

"자네들만 스파이를 심어 둔 게 아닐세."

"으으으……."

한만수는 충격을 받은 얼굴이었다.

유민택은 그런 그를 계속해서 유혹했다.

"김일성의 판단력은 떨어지고 있지. 자네도 알 거야. 그런 자에게 기업을 지킬 힘은 없지."

보통 회장의 판단력이 떨어지면 그 아래에서 지탱하게 되어 있다. 그래서 일반적으로 회장은 상징적인 존재고 대부분의 안건은 사장단이 처리하게 되어 있다.

엄밀하게 말하면 회장은 최상위 로비스트라고 해야 하는 게 맞을 것이다.

'하지만…….'

지난번 쿠데타 사건 이후에 그 시스템이 모조리 무너졌다.

완전 독주 체제.

김일성은 자신의 말에 저항하는 자를 그냥 두지 않는다.

"당신이 잘리는 건 기정사실입니다. 그걸 자신에게 유리하게 이용할 것이냐, 아니면 그냥 백수가 될 것이냐는 본인의 선택이지요."

"끄응."

"그리고 당신이 잘리면 친구분은 어떻게 될까요?"

"아니, 나는 왜?"

어리둥절한 표정이 되는 친구.

노형진은 그런 그를 보면서 미소 지었다.

"우정이라는 것은 좋은 겁니다. 안 그렇습니까? 친구분은 나이가 적지 않지요. 만년 과장. 그게 친구분의 현실이구요."

"……."

친구는 아무런 말도 하지 못했다.

사실 만년 과장이라는 것도 어디까지나 경기 좋을 때의 이야기지, 그렇지 않은 현 상황에서는 용납되는 게 아니다.

이미 부장을 달지 못한 한만수의 동기들은 대부분 해직당했다.

"한만수 씨가 잘 지켜 주셨지요."

"……."

부정할 수 없는 현실.

자존심이 상하기는 하지만, 한만수는 그를 지켜 줬다, 부장이라는 자리를 이용해서.

그가 만년 과장 소리를 들으면서도 잘리지 않도록 도와준 것이다.

"하지만 얼마나 버틸까요?"

"……."

한만수가 잘리는 순간 그도 해직이다.

"자녀분이 이제 대학 다니시죠? 돈 많이 들어가실 텐데."

"큭."

완전 양아치 같은 모습이었다.

'이렇게까지 하고 싶지는 않지만 필요할 때는 해야지.'

한만수에 대해 조사하면서 의외라고 생각했던 모습이 바로 이 우정이었다.

수십 년지기 친구. 회사 동기를 넘어선 그들의 우정.

힘들 때 서로를 도와주는 그 모습은 가히 보기 좋았다.

'그리고 약점으로도 좋지.'

남자는 가끔 친구를 위해 과감한 선택을 하기도 한다.

"오신다면 친구분도 받아들이겠습니다."

"뭐라고?"

"어차피 해직당할 거 아닌가요? 제가 알기로는 성화에서 최고령 과장이라고 들었는데요?"

"……."

아니나 다를까, 한만수는 친구를 바라보면서 말을 하지 못했다.

아까 전에 분노하던 모습과는 확연히 다른 모습.

“왜 납니까!”

“당신이 브레이크니까.”

한만수는 얼굴을 찡그렸다.

자신들이 아까 하던 대화가 생각난 것이다.

‘그랬군.’

그는 지금 회장을 설득해서 브레이크를 걸려고 하고 있다. 성화를 지키기 위해서는 어쩔 수 없었다.

하지만 자신이 사라진다면?

‘브레이크는 사라질 거야.’

김씨 일가의 폭주는 멈추지 않을 것이다. 그건 성화에 큰 타격을 줄 거다.

사실 자신이 제대로 브레이크 노릇을 하고 있지도 못하지만, 아예 없는 것과 제대로 작동하지 않는 것은 전혀 다른 문제.

“현 조건을 유지시켜 드리지요, 두 분 다. 친구분은 정년퇴직 보장에, 5년 더 연장을 시켜 드리겠습니다.”

“크흠.”

한만수는 친구를 바라보았다.

자신을 간절하게 바라보는 친구.

자신과 다르게 그는 성화에 충성하는 사람이 아니었다. 어쩌면 그래서 그가 승진하지 못했을지도 모른다.

어찌 되었건 그는 자신과 같은 배에 탄 사람이다. 자신이 잘리면 그도 잘린다.

그가 자신과 친하다는 것을 모르는 사람은 없으니까.

'젠장…….'

한만수는 머릿속이 복잡했다.

하지만 아무리 봐도 이건 상대방이 이길 수밖에 없는 싸움이다.

자신이 거부해도 이 사진은 내일 성화에 뿌려질 테고, 자신과 친구는 해직된다. 그렇다고 이중 스파이 노릇을 한다?

'불가능해.'

일단 자신을 중요 보직에 두지 않겠다고 유민택이 말했다.

더군다나 성화에서 온 자신을 믿을 사람은 많지 않다. 당분간은 말이다.

'애초에…….'

지금 김일성을 비롯한 김씨 일가의 정신은 이중 스파이 같은 걸 받아들일 생각을 못 한다. 도리어 삼중 스파이 아니냐면서 의심할 것이다.

"어떻게 하시겠습니까? 당신이 잘리는 건 기정사실입니다. 그 후에 어떻게 되는지를 본인이 선택하시는 거죠."

"선택이라……. 선택지가 없지 않습니까?"

침몰해 가는 배에서 함께 죽을 수는 없다. 그나마도 침몰

하기 전에 산 제물로 버려질 테니까.

"하지만…… 비밀은 가지고 갈 수 없습니다."

최소한의 양심이자 최소한의 자기방어였다.

만일 비밀을 가지고 가게 되면 자신은 산업스파이 혐의로 체포당할 수도 있다.

"애초에 필요 없었네, 허허허."

"뭐라고요?"

자신은 오랜 고민 끝에 말한 건데 애초에 필요 없다는 말에 한만수는 기가 막혔다.

"애초에 한만수 씨가 가지고 올 만한 정보는 이미 알고 있지요."

"크윽, 그런데 왜 가지고 오라고 한 겁니까?"

"그냥 당신에 대한 시험이었습니다."

"시험?"

기가 막혀서 말이 안 나오는 한만수.

하지만 그가 선택할 수 있는 것은 없었다. 이미 그들에게 넘어갈 수밖에 없는 상황.

"그러면 언제부터 출근하면 됩니까?"

"출근하지 않으셔도 됩니다."

"뭐요? 나보고 스파이 노릇을 하란 말씀이십니까?"

"천만에요."

노형진은 고개를 흔들었다.

그는 바른 사람이다. 성화에서 있다는 게 이상할 정도로 바른 사람인지라, 스파이 노릇을 하라고 해도 하지 못할 것이다.

그런 사람을 이용하기 위해서는 그의 자존심을 이용하는 수밖에 없다.

"당신이 해야 할 건 그대로 그 자리에서 버티는 겁니다."

"버티라고요?"

"네, 당신이 하던 것 그대로 말입니다. 당신이 하던 대로, 성화를 지키기 위해 노력해야 합니다."

"그게 무슨 말인가요?"

"아까도 말씀드렸다시피 당신은 이직이 아니라 해직당해야 합니다. 해직당할 수밖에 없고요."

노형진은 그저 웃을 뿐이었다.

그 미소를 보면서 한만수는 왠지 섬찟한 느낌을 지울 수가 없었다.

폭주 기관차

"절대로 안 됩니다!"

한만수는 주변을 따라다니면서 어떻게 해서든 브레이크를 걸려고 했다.

남이 한다고 해서 제대로 된 조사도 없이 수조 원대의 거래를 한다?

말도 안 된다.

하지만 주변에서는 말이 많았다.

"이미 정부에서는 실사 팀을 파견했어요!"

몇몇 이사들이 하는 말이었다.

"정부에서 실사 팀을 파견한다는 것은 그냥 말 그대로 확인을 하겠다는 거지, 사겠다는 게 아닙니다!"

"하지만 어느 정도 가치가 있으니까 그러는 거 아닙니까!"

"자네는 너무 반대만 하는 것 같군."

김씨 일파와 그들을 지지하는 자들은 퍼시픽 홀룸을 사야 한다고 주장했다. 하지만 한만수는 절대로 받아들일 수가 없었다.

"사지 말자는 게 아닙니다! 조금만 더 조사해 주시면……!"

"언제까지요?"

"네?"

그런데 누군가가 비릿한 시선으로 한만수를 바라보았다.

"당연히 조사 결과가 나올 때까지지요."

"그때쯤이면 대룡이 집어삼킨 후일 겁니다."

"뭐라고요?"

최 이사는 김씨 일파의 가장 큰 지지자다. 그리고 대룡 내부에 정보 라인을 만든 일종의 스파이들의 장이기도 했다.

"회장님, 재미있는 뉴스가 들어왔습니다."

"뉴스?"

"대룡에서 은행에 8천억 정도의 대출을 신청했다고 합니다."

"8천억?"

"그렇습니다. 그런데 다들 아시다시피 대룡은 역대 최고의 흑자를 얻고 있습니다. 그런데 왜 갑자기 8천억이라는 돈이 필요해진 걸까요?"

"으음."

생각할 수 있는 것은 하나뿐이다. 바로 퍼시픽 홀름.

"그들은 이미 조사가 끝났다는 뜻입니다."

조사도 하기 전에 은행에 대출부터 신청하는 사람은 없다. 당연히 조사해 보고 가치가 있으니 그걸 사기 위해 대출을 신청하는 것이다.

"회장님, 우리는 중견에 속하고 대룡은 대기업에 속합니다. 똑같이 신청해도 과연 누가 더 빨리 나올지 아실 거라 생각합니다."

"으음."

김일성의 얼굴이 불편한 표정이 되었지만, 현실은 현실이다. 자신보다는 대룡에 더 빨리 나올 것이다.

"일단 김 의원님을 통해 최대한 시간을 끌어 달라고 했습니다만, 쉽지는 않을 거라고 하더군요."

"한 이사, 자네는 어떻게 생각하나?"

그런데 한만수는 무서운 표정으로 최 이사를 노려보았다.

"정보도 없이 찬성을 던지는 멍청이보다는 나을 것 같습니다만?"

최 이사는 분노에 찬 표정이 되었다.

자신이 정보 라인을 통제하고 있다는 것을 한만수가 모를 리 없다. 즉, 저 말은 자신에게 하는 말이다.

"뱁새가 황새를 따라가려다 보면 가랑이가 찢어진다고 했습니다. 최 이사의 말대로 우리는 중견에 속합니다. 저들을 따라가다가는 우리가 죽습니다. 자신이 황새인 줄 아는 뱁새는 죽는 거 말고는 답이 없죠."

"당신, 지금 뭐라고……!"

"시끄러워!"

최 이사가 화를 내려고 하자 입을 다물게 하는 김일성. 그리고 불만스러운 표정으로 자리에 앉는 최 이사

"회장님, 전 성화가 성공하기를 바라는 사람입니다. 전 평생을 성화에 바쳤습니다. 전 성화를 위해 이러는 겁니다."

한만수로서는 진심을 담은 한마디였다.

그러나 진심을 담았다고 해서 그게 언제나 성공하는 것은 아니었다.

"하지만 모든 정황이 대룡이 퍼시픽 홀룸을 노리고 있다고 말하네."

"압니다만……."

"아무래도 안 되겠구먼. 일단은 그 부분에 대해 더 파고들어. 그리고 오늘 회의는 여기까지 하도록 하지."

김일성의 말에 한만수는 이를 악물었다.

'무서운 작자들…….'

눈앞에 있는 사람들을 보면서 약간 섬찟하다는 생각이 들

었다.
노형진이 요구한 것은 자신이 하던 일이다. 퍼시픽 홀룸을 구입하는 것을 최대한 막을 것.
물론 그 목적이 다르기는 하지만.
"이건 말도 안 됩니다."
어찌 되었건 아직은 성화에 속한 자로서 한만수는 다른 이사들을 통해 퍼시픽 홀룸의 구입을 막기 위해 노력했다.
"이게 제가 힘들게 얻은 퍼시픽 홀룸의 현실입니다. 이건 회생이 불가능해요!"
"으음."
"이게 사실입니까?"
"미국에 있는 친지를 통해 얻은 겁니다. 외부에서 봤을 때 회생이 불가능하다고 다들 생각해서, 미국 정부에서도 손 놔 버린 곳이에요."
"음."
이사들은 심각하게 고민했다.
이게 사실이라면 상당히 곤란한 일이다. 어마어마한 돈이 날아갈 판국인 것이다.
"하지만 이게 사실이라고 확신할 수는 없지 않습니까?"
"네?"
"그 친척이라는 분이 증권가에 계시죠?"
"네."

"직급이 얼마나 됩니까?"

"그다지 높지는……."

"그렇다면 대룡이나 국가에서 접근할 정도의 기밀에는 접근할 자격이 없겠군요."

한만수는 입이 턱 막혔다.

물론 이 자료를 준 것은 친척이 아니라 노형진이다.

공격하는 성화를 지키기 위해 힘쓰는 그 모습이 이해가 가지 않는 상황이지만, 어찌 되었건 제법 상세한 정보를 준 덕에 설득할 수 있을 거라 생각했다.

그런데 이빨도 안 들어가는 소리였다.

"더군다나 미다스입니다. 미다스가 그쪽 주식을 모집하고 있어요. 그가 실패한 적이 있던가요?"

"그건……."

"일설에 따르면 그들은 CIA라는 이야기도 있습니다. 그런 조직이 정보가 없어서 망해 가는 기업의 주식을 사 모을까요?"

"CIA라는 증거는 없지 않습니까?"

"하지만 실패한 적이 없는 것도 사실이지요."

"크흠."

부정할 수 없는 사실에 한만수는 뭐라고 할 수가 없었다.

"우리가 이런 정보를 몰라서 그러는 것 같습니까?"

"뭐라고요?"

순간 당황한 한만수.

최 이사는 비릿한 미소를 지었다.

"아무리 미국에서 지점도 없고 활동이 쉽지 않다고 해도 이 정도 정보도 못 얻을 정도는 아닙니다. 사실 당신이 얻을 정도의 정보면 아무나 얻을 수 있지요."

"크윽."

한만수는 부정할 수가 없었다.

자신은 이사를 단 지 채 2개월도 되지 않았다. 하지만 최 이사는 이사로만 벌써 10년이 넘게 재직 중이었다.

그는 사장으로 승진할 수도 있지만 승진하지 않았다.

정보 라인의 수장은 쉽게 바꿀 수 없는데, 그 수장이 그이기 때문이다. 당연히 경험에서 차이가 심하다.

"이 정도 정보는 이미 알고 있습니다. 누구나 다 아는 걸 들고 와서 들이밀어 봐야 무슨 의미가 있다는 겁니까?"

"그건……."

"우리가 모르는 건 왜 대룡이 그곳에 욕심을 내는지, 왜 미다스가 그곳의 주식을 모집하는지입니다. 그걸 알아낸 것도 아니고."

"하지만 위험합니다."

"하이 리스크 하이 리턴이라는 말도 모릅니까?"

"……."

"이거 원, 이사 단 지 고작 두 달도 안 된 사람이 꼴에 이

사라고."

명백하게 한만수를 비웃으면서 나가는 최 이사와 그 일파.

한만수는 그들을 보면서 보고서를 구길 수밖에 없었다.

⚖

"재고해 주십시오!"

한만수는 방법을 바꿨다.

정식으로 안 되니 다른 이사들을 따라다니면서 보고서를 보여 주고 함께 설득해 달라고 읍소를 한 것이다.

그리고 그 읍소는 몇몇 사람들의 마음을 움직였고, 한만수를 포함한 다섯 명이 퍼시픽 홀룸에 대한 구입을 반대하고 나섰다.

"함정이 있는 겁니다!"

"이 보고서를 보십시오!"

"회장님!"

다섯 명은 주변에서 뭐라고 하든 언성을 높이면서 설득했다.

김일성은 그런 그들의 말에 고민하는 표정이었다.

한 명도 아니고 다섯 명이나 반대하자 어느 게 맞는지 모르겠다는 듯이 말이다.

"회장님."

"왜 그러나, 최 이사?"

"이상하지 않습니까?"
"뭐가 말인가?"
"한만수 이사는 왜 이렇게 이 일에 결사반대를 할까요?"
"응?"
"다른 곳은 다 진행되고 있는데 오직 그만 결사반대하고 있습니다. 이유가 뭘까요?"
"그게 무슨 말인가?"
최 이사는 피식 웃더니 뭔가를 꺼내 들었다.
"이번에 들어온 보고서입니다."
"보고서? 급한 게 아니라면 나중에 봐도 되는 건가?"
"급한 겁니다. 한 이사에 관련된 거거든요."
"한 이사에 관련된?"
김일성은 그걸 받아 들더니 점차 분노를 드러내기 시작했다.
"이게 사실인가?"
"내부자의 말이니 사실일 겁니다."
최 이사는 한 건 했다는 생각에 비릿한 미소를 지으면서 한만수를 바라보았다.
"한 이사, 아니 한만수."
"네, 회장님."
"네놈이…… 우리를 배신해?"
다들 어리둥절한 표정이 되었다.
배신이라니, 이건 생각지도 못한 말이었기 때문이다.

"회장님, 그게 무슨 말씀이십니까?"

"네놈이…… 대룡의 스파이였나?"

"스…… 스파이라니요?"

"그러면 이건 뭐지?"

서류를 던지는 김일성.

거기에는 계좌 이체에 대한 기록이 있었다.

몇 번의 과정을 거치기는 했지만 축약해서 보자면 한만수의 자녀의 계좌로 1억이라는 큰돈이 들어갔는데, 그 시발점은 다름 아닌 대룡이었다.

"전 모릅니다!"

한만수는 기겁했다.

물론 그들과 만나서 이직하기로 하기는 했지만 무려 1억이라는 돈을 받을 이유가 없었다.

"그러면 이건 뭔데!"

계좌 이체의 흔적을 집어 던지면서 분노하는 김일성.

"전 모르는 일입니다! 진짜입니다!"

어떻게 해서든 수습하려고 하는 한만수였다.

그러나 이미 증거가 나왔고, 반박할 수 있는 증거를 찾기에는 시간이 부족했다.

애초에 증거를 찾게 둘 리도 없었다.

"넌 해고야!"

김일성의 말에 한만수는 얼굴이 딱딱하게 굳을 수밖에 없었다.

임원이라는 단어가 있다.

모든 직장인들의 꿈의 자리.

그 자리는 최고의 자리라고 한다.

하지만 좋은 게 있으면 나쁜 것도 있는 법.

보통 임원이라고 하는 자리는 부장급 이상을 뜻한다. 그리고 그들은 현행법상 근로자가 아닌 사용자라 법적인 보호를 받지 못한다.

즉, 너 해고라고 하면 그날로 해고가 되는 파리 목숨인 셈이다.

당연히 한만수는 해고를 당했다.

"이럴 수가."

해직당할 거라고 사전에 듣기는 했다. 하지만 이렇게 황당하게 잘릴 거라고는 누구도 예상하지 못했다.

남은 것은 자신의 짐뿐.

그가 나오자 다른 쪽에서 나오던 친구가 씁쓸하게 웃었다.

"너도……야?"

"이야…… 일 참 빠르네."

자신이 해직당한 지 채 이틀도 지나지 않았다. 그런데 자신의 친구마저 한꺼번에 정리당한 것이다.

게다가 그뿐만이 아니었다.

자신과 함께 어떻게 해서든 퍼시픽 홀름의 구입을 막아 보려고 했던 네 사람도 한꺼번에 해직당했다.

"너무 어이가 없어서 말이 안 나온다."

"후우."

한숨을 쉬면서 각자의 짐을 가지고 각자의 집으로 간 그들은 다시 예의 그 껍데기집으로 향했다.

가족들은 그 짐을 보고 무슨 일이 벌어진 건지 이해하는 눈치였지만 더 이상 말하지는 않았다.

누구보다 충격이 큰 것은 아버지라는 것을 알고 있을 테니까.

그리고 그들이 껍데기집에 도착했을 때, 그곳에서는 이미 노형진이 껍데기를 굽고 있었다.

"와서 앉으세요."

"올 걸 알고 있으셨나 보군요."

"두 분이라면 여기 올 거라 생각했죠."

두 사람은 한숨만 나왔다. 그리고 그곳에 앉아서 일단 소주잔부터 채웠다.

"해직당해야 한다더니, 진짜 잘렸네요."

"후후후."

"설명 좀 해 주시죠."

한만수는 소주를 입에 털어 넣고 이야기했다.

사전에 대룡으로 가기로 이야기가 되었다고 하지만, 그래도 왜 이렇게 된 건지 알고 싶었다.

"간단합니다. 김일성을 좀 미치게 만들고 싶었거든요."

"뭐요?"

"김일성은 판단력이 상실되고 있습니다. 점점 편협해지고 있죠. 사업을 하고 있는 사람에게 가장 큰 약점이지요. 거기에 권력이 한 사람에게 몰려 있는 구조에서는 더더욱 큰 약점이 됩니다."

노형진은 마치 친구를 만난 것처럼 자연스럽게 껍데기를 뒤집으면서 말을 하기 시작했다.

"그래서 나보고 반대하라고 한 겁니까? 성화를 지키라고?"

"인간은 배신자가 있다면 그가 한 모든 것을 의심하기 마련이지요."

"큭."

맞는 말이다.

한만수는 결사적으로 반대했고, 결국 스파이로 드러났다. 정확히는 그들은 그렇게 생각한다.

그러니 그들의 입장에서는 그가 반대한 것이 대룡의 명령을 받아서라고 생각할 수밖에 없다.

"그리고 당신이 그 브레이크를 걸 만한 사람들을 찾아다니면서 설득했지요. 그들은 당신과 함께해 줬고요."

"그분들은……."

자신 때문에 해직당한 네 사람을 생각한 한만수는 한숨만 나왔다.

"아, 걱정 마세요. 그분들도 우리가 찾아가서 설득 중이니까."

"설득?"

"네. 대룡으로 오게 말이지요."

"사전에 이야기가 된 겁니까?"

"그건 아니죠. 하지만 돈 많이 들어가실 때 아닙니까?"

"……."

이사가 되는 때쯤이면 자녀가 고등학교에서 대학생 사이다. 당연히 어마어마하게 돈이 든다.

그런데 이사로 해직당하면 나이가 있어서 다시 어디 취직도 못 한다.

물론 일반적으로 이사로 해직당하면 계열사나 거래처에서 자리를 만들어 주는 것이 보통이다.

그러나 한만수를 비롯한 이들은 스파이라는 오명을 뒤집어쓰고 해직당했다. 당연히 취업은 불가능하다.

'답이 없군.'

자존심을 지키기 위해 대룡에 가지 않는다?

하지만 현실의 벽은 그것보다 훨씬 높았다.

아마도 그들은 어쩔 수 없이 대룡으로 가게 될 것이다.

"회장이 미쳐 날뛰겠군요."

"그럴 겁니다."

노형진이 바라는 게 바로 그것이었다.

걸린 스파이는 한 명이지만 해직당한 여섯 명이 모조리 대룡으로 간다? 누구나 대룡과 무슨 딜이 있다고 생각할 수밖에 없다.

"아마도 스파이가 생각보다 깊숙이 들어와 있다고 생각할 겁니다. 그리고 박멸하겠다면서 피바람을 불러오겠지요. 그 과정에서……."

"중앙집권이 되겠네요."

친구는 씁쓸하게 말했다.

그도 바보는 아니다. 그 과정에서 수많은 사람들이 해직당할 테고, 모든 권력은 김씨 일가와 김일성에게 향할 것이다.

"그렇게 되면 브레이크는 완전히 사라지게 될 겁니다."

조금만 그들에게 반대해도 스파이의 죄를 뒤집어쓰고 해직당할 테고, 남는 것은 김씨 일가를 물고 빨아 주는 자들뿐일 것이다.

"말 그대로 미쳐 날뛰게 되겠지요."

노형진은 씩 웃으면서 다 익은 껍데기를 가위로 잘랐다.

"드세요. 다 익었네요."

"……."

하지만 두 사람은 먹을 기분이 아니었다.

마치 부처님 손바닥 위의 손오공이 된 기분이었다. 이 모든 게 회장을 미쳐 날뛰게 하기 위한 함정이었다니.

"그런데 왜 1억이나 보낸 겁니까?"

"우리는 돈 보낸 적이 없습니다."

"뭐라고요?"

"말 그대로입니다. 우리는 돈 보낸 적이 없습니다."

"그게 무슨……?"

분명히 회사에서 자신에게 계좌 기록을 던지면서 화를 냈다. 그런데 보낸 적이 없다니?

"우리가 성화에 스파이를 심었는데 성화가 우리한테 스파이를 안 심었을까요?"

"아!"

"애초에 그가 본 건 조작된 겁니다."

서류를 조작해서 돈을 보낸 것처럼 해서 그에게 흘리는 것은 어려운 일이 아니다. 하지만 정작 돈을 보낸 적은 없다.

"네? 그런데 왜 그런 게 최 이사 손에……?"

"최 이사는 정보를 관리하는 자입니다. 그가 그 정보를 제대로 쓰면 훌륭한 무기가 되지만, 상황에 따라서는 그게 최 이사 개인의 무기도 되지요."

"최 이사 개인의 무기?"

"최 이사의 반대편에 섰던 사람들은 대부분 어떤 사유로, 보통은 부도덕한 사유로 해직당했습니다. 마치 기적처럼요."

"아."

정보를 통제하는 입장에서, 자신에게 덤비는 녀석에게 그 정보를 쓰지 말라는 법은 없다. 애초에 인간이라면 쓸 수밖에 없다.

"그래서 최 이사를 도발하라고 한 거군요."

"네."

최 이사를 도발하면 한만수를 공격하려고 그와 관련된 정보를 모을 테고, 이 가짜 정보는 그들에게 넘어간다.

그리고 한만수가 누명을 쓰고 해직당할 충분한 이유가 되어 준다.

"그렇게 되면 저들이 여러분에게 산업스파이 혐의로 소송을 해도 못 이기죠. 진짜 증거는 없으니까."

"진짜 증거는 없다?"

"당신들이 우리 쪽에 오면 성화는 산업스파이 혐의로 고발할 테니까요."

"아!"

"그러나 당신들이 스파이라는 증거는 없죠."

그들은 기업을 살리기 위해 노력했다. 그런 증거는 사방에 있다.

퍼시픽 홀룸의 재무를 힘겹게 구해서 들이밀었고, 상식적으로 안 되는 것을 설명하려 했으며, 피해를 최대한 줄이려고 했다. 그런 증거는 사방에 넘친다.

산업스파이 혐의를 증명할 게 없으니 당연히 무고가 될 테고 그때는 또다시 역습이 가능해진다.

무고죄로 고발할 수 있을 뿐만 아니라, 부당 해고에 대한 손해배상까지.

"하지만 우리는 대룡으로 취직했는데?"

"부당 해고를 당한 뒤에 다른 기업에 취직하는 것은 불법이 아니지요."

노형진은 씩 웃으면서 말했다.

그걸 보면서 한만수는 소름이 돋았다.

'이건…… 이길 수 있는 상대가 아니다.'

자신들도 거대 기업을 운영하면서 두 수 이상 앞을 보려고 노력했다.

하지만 지금 노형진은 세 수, 네 수 이상 앞을 보면서 앞서 나가고 있다.

자신들이 해직당할 때 누구도 산업스파이에 대해 생각하지 않았으며, 또 누구도 그들을 고용할 거라 생각하지 않았고, 또 그에 대한 손해배상은 꿈도 꾸지 않았다.

"그리고 비밀이라는 것은 생각보다 간단하죠."

"간단해요?"

"당신들이 결재 서류에 사인한 건 기억하고 있을 거 아닙니까?"

"헐."

맞는 말이다.

아주 큰 기밀은 아니지만 그 내용은 대충 기억하며, 사업의 방향성은 알고 있다.

한 명도 아니고 네 명의 이사가 정보를 내놓는다면 성화의 목표나 방향을 알아내는 것은 어려운 일이 아닐 것이다.

"결국 폭주 기관차는 전복 말고는 답이 없지요."

노형진의 미소.

그걸 본 한만수는 속으로 왠지 안도의 한숨을 내쉬었다.

'난 배가 뒤집히기 전에 다른 배로 갈아탄 것이구나.'

조금 남아 있던 자책감과 불안감이 갑자기 모두 사라지는 것을 느낀 한만수는 젓가락을 들어서 껍데기를 집어 올렸다.

"잘 구우시네요. 지금까지 먹어 본 껍데기 중에서 제일 맛있습니다."

노형진은 씨익 웃었다.

"이 개자식들!"

김일성은 보고서를 보고는 이를 악물었다.

예상대로 그들은 스파이였다. 해직당하기 무섭게 모조리 대룡으로 들어가 버린 것이다.

사전에 이야기가 없었다면 불가능한 일이다.

"회장님, 이로써 확실해졌습니다. 성화는 자기네 스파이들을 포기하고서라도 퍼시픽 홀룸을 우리가 사지 못하게 해야 하는 큰 이유가 있는 겁니다."

"나도 그렇게 생각하네, 최 이사."

무려 이사급 스파이 다섯 명이다. 그들이 가지는 가치는 어마어마하다.

그런데 그들을 포기하면서까지 대룡은 성화의 퍼시픽 홀름 구입을 막으려고 했다. 아니, 그렇게 생각했다.

그렇다면 대응책은 하나뿐.

"최 이사."

"네, 회장님."

"김 의원님에게 연락해서 대룡의 대출을 최대한 막게. 그리고 우리가 긁어모을 수 있는 돈을 다 긁어모아."

그렇게 탐나는 물건이라면 절대로 넘겨줄 수 없다.

"퍼시픽 홀름은 우리의 것이다."

김일성은 광기에 찬 눈빛을 번득거렸다.

"물었습니다."

보고서를 보고 유민택은 뛸 듯이 기뻐했다.

드디어 성화가 떡밥을 물었다. 제대로 된 조사도 하지 않은 상태에서 오로지 욕심 하나로 달려들기 시작한 것이다.

"이번 건만 성공한다면……."

"치명적일 겁니다."

물론 성화의 총자산에 비하면 1조 얼마 하는 돈은 그다지 큰 것으로 보이지 않을 수도 있다.

그러나 기업이 크다는 것은 유지비도 많다는 것이다.

당장 인건비만 해도 어마어마하게 나가는 것이 기업이다. 그런 자금을 유동자금이라고 하는데, 언제든 움직일 수 있는 돈을 뜻한다.

"성화에서는 이번에 끼어들기 위해서는 유동자금을 다 털어 내야 할 겁니다."

"그렇겠지."

유동자금 유무의 차이는 어마어마하다.

가령 유동자금이 있다면 월급 때문에 기업이나 땅을 팔 이유는 없다. 그러나 그게 없다면 월급을 주기 위해서는 땅이나 기업을 팔아야 한다.

그 정도 되는 땅이 쉽게 거래되는 것은 아니니 당연히 헐값에 팔아야 한다. 그 타격은 어마어마하다.

"하지만 아직은 안심하면 안 됩니다. 저들에게 이번 기회에 최대한 타격을 줘야 합니다."

"그렇지. 자네는 어떻게 생각하나? 그냥 그들이 끼어들게 할까?"

"아니요."

"아니라고?"

"아직은 아닙니다. 저들이 다급하게 할수록 우리가 유리해지니까요."

"다급하게라……."

"그래서 여쭤 보는 건데, 만일 성화를 꺾을 수 있다면 자존심은 어디까지 내려놓으실 수 있습니까?"

유민택이 피식 웃었다.

"자존심?"

"네."

"사업하면서 제일 쓸모없는 게 뭔지 아나? 바로 자존심일세."

하물며 그는 대룡을 지금 이 자리까지 키운 사람이다. 스스로 힘을 가지기 전까지 그는 수많은 사람들에게 무릎을 꿇어야 했다.

"거기에 복수까지 할 수 있다면 자존심 따위는 필요 없네."

"그렇다면……."

노형진의 머릿속에서 무언가 복잡한 계획이 굴러가기 시작했다.

"이번만큼은 그 자존심을 완전히 내려놓으시지요."

"자, 자! 서로 인사들 하지?"

"오랜만입니다, 장인…… 아니, 김 회장님."

"자네도 오랜만일세."

서로 인사는 하고 있지만 실제로 인사하는 분위기는 아니었다.

김일성과 유민택. 그들은 엄밀하게 말하면 장인과 사위 사이였다.

물론 김일성과 성화가 대룡을 집어삼키려고 하지 않았다면 그 관계는 아직까지도 유지되었을 것이다.

"자, 자! 서로 모르는 사이도 아닌데 너무 딱딱하구먼, 하하하."

김 의원은 너스레를 떨면서 웃었다.

얼마 전에 들어온, 자신들도 퍼시픽 홀룸 매입에 끼워 달라는 부탁. 그건 생각지도 못한 일로 확대되고 있었다.

'도대체 그곳이 뭐기에?'

다른 사람도 아닌 유민택이 성화에 다리를 놔 달라고 했다.

정치하는 사람들 중에서 성화와 대룡의 관계에 대해 모르는 사람은 없다. 그럼에도 불구하고 성화의 회장인 유민택이 먼저 고개를 숙이고 들어왔다.

'이거, 참…….'

김 의원의 입장에서도 생각하지 못한 일이다.

사건이 벌어진 후 유민택과 김일성은 만난 적이 없다. 공적인 행사에서 몇 번 마주치기는 했지만 서로 말 한마디 섞은 적은 없었다.

그런데 이 요정의 작은 방에서 그들이 서로 만나게 된 것이다.

"그래, 유 회장. 할 말이 있다고?"

"전에 말씀드렸던 건에 대해서입니다. 저희는 퍼시픽 홀룸의 구입에 참여하고 싶습니다."

"그건 이미 결정되었네."

"그러니까 부탁드리려고 뵙고자 하는 겁니다."

정부에서는 퍼시픽 홀룸의 구입 파트너로 성화를 선택했다. 그 자리에 들어가기 위해 성화가 어마어마한 뇌물을 쓴 것이다.

물론 대룡도 뇌물을 쓰기는 했다.

그러나 그건 어디까지나 딱 정상적인 수준까지만이었다. 성화가 쓴 것에 비하면 조족지혈이나 다름없었다.

'그냥은 놓칠 수 없다 이거냐?'

그럼에도 대룡은, 아니 유민택은 그 사업에 끼기를 간절히 원했다.

자신의 철천지원수에게 지분을 넘겨 달라고 할 만큼.

"솔직히 1조 3천억이나 되는 기업을 성화 혼자서 사는 것은 무리라고 생각합니다. 그래서 저희 대룡은 그들과 컨소시엄을 만들어서 참가하고자 합니다."

"우리 성화를 무시하는군. 1조 3천억? 그 정도는 있네."

"그 정도는 있겠지요. 하지만 그 정도만 있을 겁니다. 그러니 좋게 양보하시지요."

"가소롭군. 더군다나 우리가 내는 돈은 9천억이야. 나머지는 국가에서 낼 걸세."

"그러니까 제가 말씀드리는 겁니다. 정부의 입장에서도 단독 입찰보다는 컨소시엄으로 했다는 것이 훨씬 이득으로 남지 않겠습니까?"

상당히 의외의 상황이 계속되었다.

돈 때문에 어떻게 해서든 끼어들려고 하는 대룡이라니.

"거절하도록 하지."

유민택의 얼굴이 사정없이 찡그러졌다.

"그 정도 자산이 있다고 생각하십니까?"

"내가 없다고 생각하나? 우리 성화를 너무 만만하게 보는 모양이군."

"이쯤에서 화해하자는 겁니다."

김 의원의 눈이 격하게 떨렸다.

'화해? 지금 화해라고 했어? 유민택이? 화해를 언급해?'

유민택은 성화와 같은 하늘에서 살지 못한다고 선을 그었다. 공공연하게 말하고 다니기까지 했다.

그런 그가 기업 하나 사는 것 때문에 화해를 언급해?

"하! 적반하장이군. 자네들이 우리한테 한 짓거리를 알면서 화해라는 말이 나오나? 화해가 아니라 자네들이 사죄를 해야지!"

"전쟁을 시작한 것은 성화였습니다."

"증거 있어? 증거 있느냐고! 내 딸년이 바람피운 거 가지고 너무 뒤집어씌우는구먼!"

"증거는 넘치죠."

"그건 멍청한 녀석이 저지른 개인적 범죄라니까!"

딱 잡아떼는 김일성 회장.

유민택은 그 모습을 보면서 얼굴이 붉으락푸르락해졌다.

"진짜 이럴 겁니까?"

"자네가 우리한테 저지른 일을 배상한다면 내 생각해 봄세."

벌떡 일어나는 유민택.

"아무래도 말로는 안 되겠군요."

맛깔나게 차려진 한정식이 한 상 가득 있었지만 유민택은 그걸 먹을 생각이 없었다.

"그런다고 해서 우리가 포기하리라 생각하면 오산입니다. 1조가 넘는 돈이 큰돈이기는 하지만, 우리가 그 정도도 동원 못 할 거라 생각하신다면 말이지요."

"흥!"

"승자가 누가 될지 두고 봅시다."

문을 박차고 나가는 유민택.

뒤에 남은 김일성은 차가운 눈빛으로 그런 그의 뒤를 노려볼 뿐이었다.

“후우.”

차로 돌아온 유민택은 길게 호흡하면서 분노를 삼켰다.

마음 같아서는 당장 때려죽이고 싶었다. 하지만 그럴 수는 없어서 몇 번이고 몇 번이고 이를 악물었다.

“잘하셨습니다.”

“이렇게까지 해야 하나?”

“피해를 늘려야지요.”

“으음.”

맞는 말이다.

이번 건수는 어마어마한 건이다. 기존과 비교도 할 수 없을 만큼 큰 건수다.

그런 만큼 최선을 다해서 엿을 먹여야 한다.

“그런데 저들이 받아들였다면 어쩌려고 그런 건가?”

“회장님은 저들이 받아들일 거라 생각하셨습니까?”

“그럴 리 없지.”

“절대로 벌어지지 않을 일에 대해 걱정할 필요는 없지요.”

“하긴.”

김일성은 욕심이 많은 자다. 그러니 절대로 자신이 힘들게 딴 과실을 나누려고 하지 않을 것이다.

김 의원이 중재인 자격으로 동석하기는 했지만 그는 대놓고 김일성을 지원하고 있다. 그러니 믿을 만한 자는 못 된다.
“확실한 건 우리가 선전포고를 했다는 겁니다.”
“진짜로 끼어들려는 건가?”
“진짜로 끼어들기는 할 겁니다. 사지는 않겠지만요.”
노형진의 계획은 간단했다. 바로 퍼시픽 홀룸의 가격 올리기.
현재 퍼시픽 홀룸을 사겠다고 하는 사람은 대한민국과 성화뿐이다. 대룡이 끼어들려고 했지만 정부는 성화와 컨소시엄을 구성했다.
“그렇지만 그게 결코 구입을 시도하지 말라는 말은 아니지요.”
그리고 경쟁자가 있는 거래와 경쟁자가 없는 거래는 방식에서 완전히 차이가 난다.
“조금만 참으세요. 성화의 심장에 칼을 꽂을 수 있을 겁니다.”
“그날만 기다리고 있네.”
유민택의 눈은 분노로 활활 타고 있었다.

심장에 칼을 꽂다

기업을 거래하는 방식은 시장에서 물건을 사는 방식과 다르다.

기업을 사기 위해서는 일단 협상을 해야 한다.

노형진은 대룡을 대표해서 그들과 협상을 하기 위해 찾아갔다.

"노형진입니다."

"브라운이라고 합니다."

협상이 시작되고 이런저런 이야기가 많았다.

그러나 정작 중요한 것은 가격이다.

'협상에서 가장 중요한 것은 다름 아닌 상대방의 의도를 읽어 내는 것.'

그렇게 생각하면서 노형진은 미소를 지었다.

'그걸 나만큼 잘하는 사람이 있을 리 없지.'

노형진은 기억을 읽을 수 있다. 그리고 사람의 감정도 일부 읽을 수 있다.

정확하게는 그 기억이지만, 1초 전의 기억도 결국은 기억이고 감정은 그와 관련된 것이니 자연스럽게 떠오른다.

즉, 이번 싸움에서는 상대방 패를 보고 있다는 뜻이다.

"저희 쪽은 1조 8천억을 요구합니다."

아니나 다를까, 퍼시픽 홀룸은 생각보다 비싼 가격을 불렀다.

애초에 비싼 가격을 부르고 그 후에 깎는 것이 보통이니 그게 딱히 이상한 건 아니다.

'어차피 저들도 생각이 있을 테고.'

과거, 아니 미래의 기억에 따르면 퍼시픽 홀룸은 1조 3천억에 매각되었다. 물론 노형진은 그 가격을 높일 생각이었지만.

"너무 높습니다."

"너무 높다고요?"

"네, 저희는 1조 6천억 이상은 못 드립니다."

"어…… 얼마요?"

"1조 6천억 원요."

"헐."

상대방은 깜짝 놀랐다. 자신들이 원하는 가격보다 훨씬 높은 가격인 것이다.

하지만 그들은 바보가 아니었다. 애써 감정을 정리하더니 슬쩍 모른 척했다.

"너무 적군요."

"하지만 지금 퍼시픽 홀룸의 상태가 좋은 건 아니라고 들었는데요?"

"단기 압박일 뿐입니다."

"단기가 아니라 장기로 알고 있습니다만."

"저희는 재작년에 흑자를 봤습니다만."

"하지만 작년은 어마어마하게 적자를 봤지요, 흑자 폭하고 비교도 못 할 만큼."

치열하게 시작된 협상.

"아무래도 저희는 좀 무리가 있는 것 같군요."

노형진은 상대방의 요구를 들으면서 슬쩍 물러났다.

"물론 그쪽의 입장도 알고 이해합니다. 하지만 퍼시픽 홀룸을 1조 8천억이나 주고 살 사람은 없습니다."

"저희는 그만한 가치가 있다고 생각합니다."

"가치는 상대적인 거죠."

그렇게 그들의 협상은 계속되고 있었다.

—이러다가 진짜로 되면 어쩌지?

유민택은 화상회의를 하면서 걱정스럽게 말했다.

자신들이 요구한 가격은 1조 6천억. 그에 반해 성화와 정부에서 내민 가격은 1조 2천억.

기적이 일어나기 전에는 자신들에게 낙찰되는 것이 정상이다.

“일반적으로는 그렇지요. 하지만 성화가 그냥 둘까요?”

-그럴 리가.

“분명히 가격을 올릴 겁니다.”

-하지만 그래도 1조 6천억은 좀 무리일 듯싶은데.

아무리 성화라고 해도 한계는 있다.

더군다나 가격이 오르면 그 가격을 감당해야 하는 것은 정부가 아니라 성화다.

정부의 입장에서는 세금을 마음대로 결정할 수 없기 때문이다.

하물며 수천억에 달하는 세금을 결정하려면 상당한 시간이 걸린다.

그렇다면 그 차액을 우선 제공해야 하는 것은 자금 흐름이 빠른 기업이다.

“우리는 중간에 빠질 겁니다.”

-중간에 빠지면 석연치 않게 볼 텐데?

“걱정 마세요. 그 핑계는 성화에서 대 줄 테니까.”

-응? 그게 무슨 말인가?

"기다려 보시면 됩니다, 후후후."

⚖

얼마 후 유민택은 어이가 없는 보고서를 받아 들었다.

"대출 거절?"

"네."

"장난해?"

자신들이 청구한 대출 금액은 8천억이다. 그런데 그 대출에 대해 거절된 것이다.

물론 어마어마한 금액이기는 하다.

그러나 대룡이 작은 회사도 아니고, 그 정도 금액은 충분히 가지고 있는 곳이다. 그런데 대출 거절이라니?

"서류가 미비해서 그렇답니다."

"그게 말이나 되나! 서류 미비라니!"

이런 업무를 한두 번 해 본 것도 아니고, 전담 팀도 따로 있다. 그런데 서류가 미비하다?

그럴 리 없다.

설사 그렇다고 한들 자신들의 규모로 봐서는 대출 거절이 아니라 부족한 서류를 달라고 했을 것이다.

"이게 무슨……."

어이가 없어서 화를 내려고 하는 찰나 유민택은 얼마 전 노형진이 했던 말이 순간 생각났다.

'그러고 보니 노 변호사가 그랬지, 성화에서 손을 쓸 거라고…….'

그 생각이 퍼뜩 든 유민택은 담당자를 나가라고 한 후에 서둘러서 노형진에게 전화를 걸었다.

노형진은 마치 예상이라도 했다는 듯 전화기 너머에서 피식 웃었다.

-그럴 거라 생각했습니다.

"그럴 거라고 생각했다고?"

-네. 은행은 화수분이 아니니까요.

"화수분이 아니라니?"

-돈이 무한한 게 아니라는 겁니다.

"그게 무슨 말인가?"

-말 그대로입니다. 우리가 대출을 신청한다면 은행 한 곳에서 하기에는 상당히 많은 자금입니다. 즉, 연합해서 해야 한다는 겁니다.

"그런데?"

-그런데 우리가 대출 신청을 했는데 성화가 과연 안 했을까요?

"아!"

현재 자금 사정은 누가 봐도 대룡이 훨씬 유리하다.

성화 역시 돈이 없는 건 아니지만 몇조에 달하는 돈을 한

번에 준비할 수는 없다. 그 정도 유동자금이 있다면 성화가 중견으로 취급되지도 않았을 것이다.

즉, 성화도 대출을 신청했을 것이다.

-문제는 그들이 뭉쳐서 대출 자격 심사를 하는데 우리와 성화는 목적이 같다는 거죠.

"그렇군……. 둘 중 하나를 골라야 하는군."

성화나 대룡이나, 퍼시픽 홀룸을 구입한다는 공통의 목적을 가지고 있다.

양측 다 대출해 주기에는 그 금액이 어마어마하다.

두 곳 다 해 주면 무리 2조 가까이 되는데, 아무리 은행연합이라고 해도 미친 짓에 가깝다. 결국 한쪽만 해 줘야 한다.

-그런데 우리는 은행에 로비를 안 했지요. 정치권에도 최소한으로 했고요.

"그랬지."

유민택은 이해가 간다는 얼굴이 되었다.

은행권부터 정치권까지, 대출받기 위해 온갖 로비를 다 하는 성화. 그에 반해 신청서만 냈을 뿐 제대로 인사 한번 하러 오지 않는 대룡.

인간의 마음이 어디로 쏠릴지는 뻔하다.

-성화에는 대출 허가가 났을 겁니다. 하지만 우리 대룡은 허가가 안 났지요.

"허허허."

그럼 자신들은 당당하게 물러날 수 있다.

정부에서 허가가 나지 않아서 자금을 못 구하는데 무슨 거래를 한단 말인가?

그런데 그다음 말은 의외였다.

–일단은 다시 대출 신청을 하세요.

"뭐?"

–허가가 떨어졌다고 그냥 물러나면 성화가 가격을 후려치려고 할 겁니다. 우리가 언제든 들어갈 수 있다는 것을 보여 줘야 그들도 가격을 높일 수밖에 없지요.

"하긴 그렇군. 자네는 진짜 대단해."

최후의 순간까지 성화를 엿 먹이고자 하는 그 집념과 효율성에는 복수의 칼날을 가는 유민택도 놀랄 정도였다.

–그리고 조만간 그 돈을 쓸 일이 있을 겁니다.

"조만간이라니?"

–기대하셔도 될 겁니다.

전화기 너머에서 노형진은 웃으면서 말했다.

유민택이 자금 압박 문제로 잠깐 물러나는 사이, 성화는 빠르게 협상을 진행시켰다.

일단 자신들이 이기기는 했지만 그건 어디까지나 한시적인 것이다. 당연히 그사이에 협상해서 집어삼키려고 한 것이다.

그 결과, 예상보다 비싼 가격인 1조 5천억에 계약을 했다.

"만세!"

"계약 성사다!"

"만세!"

환호를 내지르는 성화.

근 몇 년 만에 성화는 대룡을 꺾고 승리할 수 있었던 것이다.

하지만 그들은 몰랐다. 승자의 저주가 어떤 건지 말이다.

"이…… 이게 뭐야?"

김일성은 당황해서 어쩔 줄 몰라 했다.

이건 생각지도 못한 상황이다.

뭔가 있다고 생각했다. 대룡에서는 기를 쓰고 사려고 했고, 심지어 자신들이 대출을 막아 버리자 은행에 항의하는 한편 사채 회사들까지 알아보면서 그곳을 사려고 했다.

그러나…….

"이게 지금 재무제표라고?"

김일성은 눈앞의 현실을 믿을 수가 없었다.

퍼시픽 홀룸은 당장 망해도 이상하지 않은 상태였다.

주인이 되고 나서야 그들은 그 내부의 모든 것을 볼 수 있는 자격을 가질 수 있었다.

그러나 그 안에는 기적적 회생의 가능성도, 크게 한 방을 노릴 수 있는 것도 없었다. 그저 망해 가는, 더 이상 회생의 가치조차 없는 그런 기업의 내용뿐이었다.

자본금 대비 빚이 무려 2천 퍼센트.

남은 것은 하나도 없는 쭉정이 정도가 아니라, 썩어 빠질 대로 썩어 빠진 음식물 쓰레기 수준.

"다른 게 있겠지. 다른 게…… 뭔가 있을 거야."

김일성은 이 상황을 믿을 수가 없었다.

뭔가 있어야 한다.

정부도 그렇고 성화도 그렇고 대룡도 그렇고, 심지어 미다스까지 먹겠다고 달려들었던 기업이다. 그런데 이렇게 쓰레기 더미라고?

"아버지! 아무것도 없습니다! 아무것도! 남은 건 빚뿐이에요!"

김두필은 절망적으로 외쳤다.

"이럴 수가……. 이럴 수는 없어……."

이번 건에 유동자산을 모조리 집어넣었다. 심지어 대출까지 끼고 집어넣었다.

들어간 돈만 무려 1조 원이다.

그런데 그게 쓰레기라고?

"이건 말도 안 돼!"

"차라리 지금이라도 팔아야 합니다!"

"팔다니? 이 쓰레기를?"

"시도라도 해 봐야 합니다. 대룡이 노렸으니 대룡에 넘긴다고 해 보십시오."

"으음."

김일성은 유민택이 생각났다.

화해하자고, 협력을 하자고 했다. 하지만 그걸 거절했다.

'이제 와서 넘긴다고 해 봐야…….'

바보도 아니고, 넘어올 리 없다.

"크으."

김일성은 현 상황을 해결하기 위해 머리를 부여잡을 수밖에 없었다.

"5천억을 보냈습니다."

노형진은 브라운의 말에 미소를 지었다.

"입금 확인했습니다."

"덕분에 살았습니다."

"별말씀을요, 후후후."

노형진이 그에게 돈을 받는 이유는 간단했다.

"도대체 어떻게 하신 겁니까?"

"비밀입니다."

퍼시픽 홀룸은 망할 수밖에 없는 상황이었다.

이미 망한다고 파다하게 소문이 난 기업이라 누구도 관심을 가지지 않았다.

'하지만 한국 정부에서 그걸 사지. 그리고 망해.'

그 뒤에는 정부의 실적을 쌓는다고 제대로 조사도 안 한 공무원들의 무능이 있었지만, 결론은 사기는 한다는 것이다.

그리고 노형진은 거기에 슬쩍 수저를 올렸다.

"구입자를 찾아 주면 2천억 그리고 차익 2천억, 주식 1천억 해서 5천억이라……."

그들에게 접근한 노형진은 망해 가는 그들을 꼬셨다, 구입해 줄 사람을 찾아 주는 대신에 돈을 달라고.

어차피 전 재산을 날리게 된 그들은 그들이 생각한 1조 3천억 이상의 차익을 노형진에게 주기로 약속했다.

그리고 노형진이 작업을 위해 산 주식도 모두 최고가로 구입해 주기로 했다.

그 결과, 노형진은 무려 5천억이라는 어마어마한 돈을 받게 되었다.

물론 그중 주식 가격은 돌려받는 것이지만 말이다.

어찌 되었건 순수입이 무려 4천억. 그것도 비밀리에 움직인 돈이니만큼 세금 한 푼 내지 않는다.

'어마어마하군. 이래서 브로커 짓을 하는 건가?'

노형진은 누군가가 생각나서 씁쓸하게 웃을 수밖에 없었다.

자신은 그저 중간에서 몇 마디 말장난을 했을 뿐인데 무려 4천억이라는 돈이 생긴 것이다.

"도대체 어떻게 하신 겁니까? 한국 정부와 거대 기업 두 곳이 우리를 사려고 달려들 거라고는……."

"하하하, 비밀입니다."

노형진은 그저 씩 웃었다.

'그냥 빼앗길 수는 없지.'

성화에서 날린 1조야 자기 병신 짓의 결과라지만, 정부에서 낸 5천억은 국민의 세금이다.

노형진은 그걸 그냥 빼앗길 생각이 없었기 때문에 이런 식으로 돌려받은 것이다.

물론 다시 정부에 헌납할 생각은 없다.

돌려줘 봐야 그때만 감사 인사를 받고 끝이거니와, 현행법상 증여는 무려 40%의 세금을 내야 한다.

즉, 자신이 순수입인 4천억을 돌려준다고 하면 못해도 1,600억의 세금을 따로 내야 한다는 뜻이다.

설사 어떻게 안 내도록 해 준다고 해도 이 돈은 국민들에게 들어가는 게 아니라 정치인들에게 들어갈 게 뻔한지라 노형진은 줄 생각이 없었다.

'이걸로 자선단체를 만들어도 되고…….'

그건 나중에 생각하기로 한 노형진은 자리를 털고 일어났다.

"이쯤에서 헤어지도록 하지요."

"덕분에 살았습니다."

"별말씀을. 아, 그리고 약속은 약속입니다."

"그럼요."

사실 퍼시픽 홀룸이 투자한 회사 중 괜찮은 곳은 노형진이 이미 다 넘겨받은 상황.

당연히 성화가 가지고 간 퍼시픽 홀룸은 쓰레기 중의 쓰레기만 남은 상태다.

"우리는 이제 본 적도 없고 볼 일도 없지요."

브라운은 씩 웃었다.

"그런데 누구시더라?"

"하하하."

모를 리 없다. 모른 척하겠다는 의미다.

어차피 자신은 마지막으로 크게 한탕 했고, 이 돈으로 평생 먹고살 수 있다.

"아실 필요는 없죠."

노형진은 미소를 지으면서 바깥으로 나왔다. 그리고 찬란한 미국의 태양을 바라보았다.

"자, 이제 성화를 어떻게 요리한다?"

"이게 무슨 말도 안 되는……."

김일성은 인터넷에서 어떤 영상을 보고 있었다.

그런데 그 내용이 충격적이다 못해서 정신이 무너지는 듯한 느낌이 드는 것이었다.

거기에는 노형진의 투자 조언가인 로버트가 나와 있었다.

그는 기자회견을 하고 있었다. 그런데 그 내용이 성화의 가슴에 못을 박아 버리는 내용이었다.

—미다스라 불리는 투자 전문가는 이번 투자에 대해 완벽한 실패였다고 인정하였습니다. 그로 인한 피해는 2천억 이상입니다만, 자신의 책임임을 통감하고 있기 때문에 그로 인한 소송이나 기타 문제를 제기하지 않겠다고 하였습니다.

로버트는 언론에 나와서 기자회견을 하고 있었다.

대부분의 투자회사들은 성공한 것만 이야기하지, 실패한 것은 이야기하지 않는다. 그런데 지금 무슨 생각에서인지 기자회견까지 열어 실패에 대해 이야기하고 있었다.

—그러니까 퍼시픽 홀름에 대한 투자는 완벽한 실수라는 말씀이시죠?

—그렇습니다.

—그런데 그걸 왜 기자회견까지 하면서 발표하는 건가요? 지금까지 그런 걸 가지고 발표한 사례가 전무한데요.

—그건 다른 투자자들 때문입니다.

—다른 투자자들?

—언제부터인가 미다스가 투자의 거물로 취급받고 승률 100%라고 인정받고 있다고 들었습니다. 그래서 자신이 투자한 곳에 더 많은 돈이 들어오는 현상이 발생하는 것도 알고 있었습니다. 하지만 투자자께서는 그 미다스라는 이름에 부담을 가지고 계셨습니다. 투자는 여러분의 선택입니다. 그런데 많은 분들이 그 미다스라는 이름만 믿고 따라오셨다는 점에서 죄책감을 느끼고 계십니다. 자신이 이익률이 높은 건 사실이지만 100% 승리하지는 않다는 것을 말씀드리고 싶어 하셨습니다.

—퍼시픽 홀룸 사태의 투자자들에게 하는 말씀이신가요?

—네.

미다스만을 믿고 그곳에 투자한 수많은 사람들.

그들은 결국 원하는 수익률을 내지 못했다.

물론 워낙 퍼시픽 홀룸이 소문이 안 좋아서 투자한 사람이 드물기는 하지만, 미다스라는 이름은 그런 일부를 끌어들일 수밖에 없었다.

—투자는 본인의 눈으로 확인하고 조사하고 판단해야 합니다. 잘하는 사람이 한다고, 또는 유명한 사람이 한다고 해서 투자하는 것은 망하는 지름길입니다. 투자자께서는 여러분들이 그걸 아시기를

원했고, 그렇기 때문에 이렇게 기자회견을 통해 투자 실패를 발표하는 것입니다.

로버트의 말은 구구절절하게 옳았다.

김일성은 그 말이 마치 자신에게 하는 말인 것 같았다.

제대로 조사도 하지 않고 남이 하니까 욕심이 나서 구입했고, 결국 모조리 날리게 생겼다.

아무리 그가 투자 실패를 인정했다고 하더라도 미다스의 이름은 강력하다.

퍼시픽 홀룸은 버려졌고, 재기는 불가능하다.

애초에 그가 투자를 실패했다는 점에서부터 더 이상 가능성은 없다.

다른 사람도 아니고 미다스가 포기한 기업. 그런 곳에 무슨 미래가 있단 말인가?

그리고 망한 기업 퍼시픽 홀룸을 산 성화에는 암울한 미래가 닥쳐오기 시작했다.

"이거 어쩔 겁니까!"

"당장 대책을 말해 봐요! 대책을!"

성화의 주주총회.

원래는 예정에 없었지만 다급하게 결성된 주주총회였다.

그럴 수밖에 없는 게, 얼마 전에 퍼시픽 홀룸을 성공적으로 인수했다고 사방팔방에 기자회견을 했는데 며칠도 되지 않아서 그곳에 회생 가능성이 전혀 없다는 사실이 드러났기 때문이다.

"젠장."

김두필은 이 자리를 피해 버린 아버지 김일성이 미워질 수밖에 없었다.

공식적으로는 건강상의 이유를 대고 있지만 건강은 너무나 멀쩡하다. 다만 여기에 와서 욕먹기 싫을 뿐.

당연히 그 욕은 김두필이 먹게 생겼다.

"진정들 해 주시고요, 저희는 기업의 정상화를 위해 최선을 다하고 있습니다."

"정상화?"

"최선?"

"지금 이게 말이야, 방구야?"

얼마 전에 나라에서 퍼시픽 홀룸을 무려 1조 5천억이나 주고 샀다는 사실을 누구나 다 알고 있다. 또한 그중 1조는 성화에서 낸 것이라는 사실도 알고 있다.

1조라는 돈이 이렇게 순식간에 정상화될 정도면 성화라는 기업이 흔들릴 리도 없다.

"사실대로 말해 봐요. 도대체 손실이 얼마입니까?"

"그게……."

"그래요! 말해요!"

언성을 높이는 사람들.

김두필은 그 말을 꺼낸 사람을 바라보았다. 자신의 사람이 아니었다.

'망할, 대룡이겠지.'

자신들이 대룡의 약점을 잡기 위해 그들의 주식을 모으듯이 저들 역시 그럴 것이다.

그리고 그들은 당당하게 주주로서 여기에 참석할 수 있다.

"얼마입니까?"

"그게……."

"빨리 말해요!"

"내부유보금 3천억과 대출금 7천억입니다."

사람들은 입을 쩍 벌렸다.

내부유보금이라고 하면 말 그대로 현금이다. 그리고 대출금은 말 그대로 대출금이다.

이게 뜻하는 게 뭐냐면, 당장 돈이 한 푼도 없는데 대출금을 갚을 길은 없다는 거다.

"이런 미친!"

"야, 이 새끼들아! 내 주식 배당해 달라고 할 때 드럽게 안 주더니 그걸 한 방에 다 털어 내? 이 씨팔 새끼들!"

언성이 높아지는 상황에서 아까 가장 먼저 말을 꺼낸 사람이 다시 일어났다.

"자, 자! 진정하시고. 아직 질문이 남아 있습니다."

"질문? 이 상황에 무슨 질문이야!"

"말이 되는 소리를 해!"

"지금 손실 자금은 말 그대로 잃어버린 것에 대한 것입니다. 방금 말했다시피 대출금이 7천억이라고 했습니다. 안 그런가요?"

"그래서요?"

"그러면 이율은 어떻습니까?"

"맞다!"

"이율!"

빌린 돈이라는 것은 결국 갚아야 한다는 소리다. 그리고 그걸 갚지 못하면 파산으로 가야 한다는 소리다.

'저 새끼, 누구야?'

절대로 답하고 싶지 않은 질문만 계속 골라서 던지는 녀석.

멀리 있어서 정확하게 보이지는 않지만 젊은 놈으로 보였다.

그를 자세하기 보기 위해 눈을 찌푸리던 김두필은 그가 누군지 알아볼 수 있게 되자 속에서 분노로 열불이 끓어올랐다.

'저 개자식이 어떻게……. 아니지, 주주라면 누구나 참가할 수 있으니…….'

예민한 질문만 던지는 사람은 다름 아닌 노형진이었다.

그가 주식을 가지고 있을 수도 있고, 아니면 노형진이 주식을 가진 대룡의 대리인으로서 참가할 수도 있다.

어느 쪽이든 그가 이곳에 온 목적은 간단하다.

'그렇게 쉽게 넘어가려고?'

적당히 사과하고 수습책을 발표하고 넘어가게 할 생각이, 노형진은 절대로 없었다.

그렇게 했다가는 바뀌는 게 없으니까.

"그래서 이율은 얼인가요?"

"그다지 높지는 않습니다."

"그래서 얼만데요?"

"대략 5%입니다."

"5%?"

"5%라고?"

기업의 입장에서는 상당히 높은 이율이다.

가계 이율과 다르게 기업 이율은 상당히 높을 수밖에 없다.

'그렇겠지.'

성화가 몰락해 가는 상태라는 것과 이번 거래가 위험하다는 것을 은행도 모를 리 없다. 그러니 이율은 더 뛸 수밖에 없다.

더군다나 대룡을 포기하고 성화에 대출해 주기 위해서는 그에 맞는 떡밥이 필요하다. 국회의원이 성화에 해 주라고 했다고 해서 모든 게 해결되는 것은 아니라는 뜻이다.

그리고 그 떡밥이 바로 높은 이율이었다.

"어디 보자."

노형진은 간단하게 계산했다.

"대출금이 7천억이니까 연 5%면 350억이군요."

"3…… 350억?"

그러니까 성화는 총매출 중에서 연 350억을 차근차근 갚아야 한다는 소리다.

그 말을 들은 사람들은 입을 쩍 벌렸다.

물론 성화의 규모는 그보다 더 크다. 하지만 대출금도 있고, 고정자금도 있으며, 또 나가야 하는 돈도 있다.

즉, 모든 수익을 다 이걸 갚는 데 쓸 수는 없다는 소리다.

"야, 이 미친 새끼들아! 무슨 생각으로 저지른 거야!"

"너희들은 눈깔도 없냐!"

망해 가는 기업을 무려 1조 원이나 주고 산다는 것.

미쳐도 단단히 미친 짓이었다.

격분하는 사람들을 보면서 노형진은 혀를 끌끌 찼다.

'그래, 그래서 브레이크가 필요한 거지. 개인의 치적이 아니라…….'

사실 원래 역사에서는 이건 기업이 아니라 정부가 단독으로 구입했다. 현직 대통령의 업적을 위해서였다.

그래서 원래 퍼시픽 홀룸이 무너지기에는 몇 달의 시간이 더 걸렸다.

그러나 이번에는 노형진이 새론을 끼게 만듦으로써 가격

을 더 올렸고, 더 빨리 망하도록 뒤에서 조작했다.

미다스라는 이름으로 포기해 버리면 누구도 부활을 꿈꾸지 않을 테니까.

"이 새끼들아!"

"내 돈! 내 돈!"

"회사 말아먹으려고 작정한 거야!"

격하게 분노하는 사람들.

김두필은 이 상황을 벗어나고 싶었지만 그럴 수조차 없었다.

아직 노형진이 서 있었다, 그것도 질문이 가득하다는 표정으로.

"질문 하나 더 하겠습니다!"

모두의 시선이 그에게 향했다.

그가 질문할 때마다 저들의 치부가 드러났기 때문이다.

"상환, 어떻게 할 겁니까?"

"네?"

"상환 말입니다. 설마 빌린 돈을 갚지 않을 생각은 아닐 테고."

"그게……."

"……."

차마 그 말을 하지 못하는 김두필을 보면서 노형진은 속으로 환호가 터져 나오는 걸 꾸욱 참았다.

'걸렸구나!'

은행에서 빌린 돈은 이자를 갚아야 하는 돈이다. 그러니 이자만 생각해서는 안 된다.

하지만 보통 사람들은 우선 이자만 생각한다. 나중에 갚는 방식이 보편화되어 있기 때문이다.

'하지만 그건 어디까지나 우량 고객 기준일 뿐.'

이미 대출한 내용은 알고 있었다. 다만 저들은 그걸 감추고 싶어 할 뿐.

"분할 계획은 어떻게 되어 있지요?"

"그게……."

"말씀해 주십시오."

"20년…… 장기 분할 상황입니다."

"그러니까 20년에 걸쳐서 갚는다는 거지요?"

"네."

"그러면…… 연 350억이군요. 거기에 이자 350억. 결론은 연 700억."

그 말을 들은 주주들은 얼굴이 사색이 되었다.

연 700억 거기에 기존 비용에…….

"못해도 10년, 아니 20년은 주식 배당을 포기해야겠군요."

한숨을 쉬면서 말하는 노형진.

저걸 내주기 시작하면 당장 순이익은커녕 적자만 안 봐도 기적이다. 그런데 배당이 될 리 없다.

"미친."

"난 나가겠어!"

침몰하는 배에 남아 있을 사람들은 없었다.

그들은 서둘러서 어디론가 전화하면서 바깥으로 나갔다. 성화의 주식을 팔아 버리기 위해서였다.

"저도 가지고 있을 의미가 없다고 보이네요."

노형진은 미소를 지으면서 그곳에서 몸을 돌렸다.

하지만 김두필은 분노로 몸을 떠는 것 말고는 할 수 있는 게 없었다.

그는 텅 비어 버린 회의장에서 분노에 찬 고함을 내질렀다.

"으아아아!"

성화의 몰락이라고도 불리는 사건.

그동안은 그래도 어떻게 가세를 유지하던 성화였지만 1조가 넘는 돈을 날린 것은 아무리 대기업인 성화라고 하지만 어마어마한 타격이 될 수밖에 없었다.

당연히 사람들은 팔자고 외치기 시작했고, 떨어질 대로 떨어진 주식을 긁어모으는 사람들은 따로 있었다.

"사! 닥치는 대로 사!"

"하지만 아버지!"

"이대로 둘 거냐!"

김일성은 등골이 오싹해졌다.

시중에 나오는 주식을 사 모으는 사람이 있다. 그 소문을 들은 건 바로 얼마 전이었다.

누군가 기사회생의 성화를 믿고 사는 걸까? 그런 거라면 차라리 나을지도 모른다.

그런데 그 구입 주체가 드러나는 순간 김일성은 발악할 수밖에 없었다.

"대룡에 우리 기업을 넘길 수는 없어! 닥치는 대로 사란 말이야!"

"아버지! 사내유보금이 없습니다!"

돈이 없는데 아버지는 주식을 사라고 한다.

주식이 대룡에 넘어가면 자신들은 다음번 쿠데타를 막을 방법이 없다. 그러니 어떻게 해서든 그걸 막아야 했다.

"만들어 내서라도 사!"

"하지만."

"이대로 대룡 녀석들에게 목이 날아갈 셈이냐! 여기서 쫓겨나는 순간 우리가 어떻게 될지는 알 텐데?"

"……."

김두필은 할 말을 잊었다.

맞다.

성화가 사라지는 순간 자신들의 파멸은 확정적이다. 그나마 성화라는 방패를 이용해서 버텨 왔던 것이다.

"구입……하겠습니다."

선택 사항은 없다. 모 아니면 도. 그들의 선택.

개인적 재산과 남은 기업의 재산으로 모조리 긁어모으는 한이 있어도 성화의 주식을 사야 했다.

"그리고 뇌물의 양을 더 늘려."

"네? 하지만……."

"이 상황에서 정부가 저쪽을 편들어 주면?"

"크으음."

개인, 아니 집단 중에서 가장 많은 주식을 가지고 있는 곳은 다름 아닌 정부 관련 단체들이다.

그곳들은 경영권 방어를 위해 자신들에게 힘을 빌려줘 왔다.

그러나 자신들은 큰 실수를 했다. 그러니 방어해 주지 않을 수도 있다.

더군다나 성화나 대룡이나 한국 기업이긴 마찬가지.

외국에 넘어가는 것을 결사적으로 막지, 국내 간 경영권 분쟁에서는 유리한 쪽을 선택하는 것이 그들이다.

그런 그들을 자신들의 편에 두려고 한다면 방법은 하나뿐이다.

'악순환이다.'

가뜩이나 부족한 돈이다. 거기에 저들이 위험을 감수할 정도의 선택을 하게 하려면 그 뇌물의 수준은 적지 않을 터.

'이럴 수가…….'

완벽하게 함정에 빠져 버린 자신의 처지가 어이가 없는 김두필은 헛웃음을 지을 수밖에 없었다.

그러나 방법은 하나뿐이었다.

“팔 수 있는 건 다 판다. 어떻게 해서든 버텨야 한다.”

그게 그들의 선택이었다.

“카우보이사의 로버트라고 합니다.”

그들이 팔고자 하는 것에는 당연히 이 사건의 주범이 된 퍼시픽 홀룸도 있었다. 그러나 현실이 시궁창이라고, 그걸 사려고 하는 곳은 한 곳도 없었다.

아니, 한 곳이 있기는 했다. 문제는 가격이었다.

“450억 이상은 못 드립니다.”

“하지만 원래 가격이 1조 5천억인데…….”

450억이면 1년 이자와 원금도 안 되는 돈이다.

“압니다. 하지만 가능성이 없어서 망해 가는 곳이라는 것도 알지요.”

“…….”

로버트의 말에 성화의 실무진은 참혹한 표정이 되었다.

그럴 수밖에 없는 게, 틀린 말이 아니기 때문이다.

퍼시픽 홀룸은 더 이상 가치가 없다고 봐도 무방하다.

자산을 다 털어 봐야 100억이 되지 않는 곳이다.

더군다나 운영하는 데 들어가는 돈, 퇴직한 사람들에 대한 퇴직금, 빚과 이자 등등 그 모든 게 마이너스였다.

물론 투자한 투자금이 있기는 하지만 대부분은 다 찾아갔거나 제로인 상태.

"거절하신다면 이쯤에서 일어나도록 하지요."

가방을 닫고 자리에서 일어나는 로버트.

명백하게 가겠다는 의사다. 그냥 겁주는 것이 아닌, 진짜 협상 포기.

'하긴…….'

카이보이사는 신흥 투자사이고 그들의 입장에서는 450억을 투자해서 전문직 종사자들과 자산을 흡수하는 것은 손해는 아니다.

규모 자체로만 본다면 카이보이보다 퍼시픽 홀룸이 컸던 곳이니 순식간에 자신들의 규모를 키울 수 있다.

'하지만 그것뿐이지.'

그나마 그곳이 투자사이기 때문에 규모를 키우기 위해 그리고 지점으로 삼기 위해 구입하고자 하는 거지, 그게 아니라면 누구도 사려고 할 리 없다.

"판매하고 싶습니다."

성화 측 담당자는 결국 고개를 숙일 수밖에 없었다.

"구입하기는 했습니다만, 솔직히 이해가 안 갑니다."

퍼시픽 홀룸을 산 카이보이 투자사는 사실 노형진과 거래가 있는 곳이다. 당연히 그곳을 사라는 것도 노형진의 계획에 따른 것이다.

"왜요?"

"더 이상 가치가 없는 곳입니다. 그런 곳에서 무슨 이득이 있다고 생각하시는 건지……."

"저, 미다스입니다."

노형진은 그가 이해가 간다는 듯 부드럽게 말하면서도 피식 웃었다.

"그리고 엄밀하게 말하면 제가 노리는 건 퍼시픽 홀룸이 아닙니다."

"네?"

"성화지요."

"성화요?"

"네."

노형진은 그에게 성화가 자신의 목숨을 노렸으며, 그로 인해 그들에게 보복하려고 한다는 사실을 말했다.

"그 부분은 이해가 갑니다만, 그럴 거면 차라리 돈을 주고 사지 않고 망하게 그냥 두는 게 훨씬 나은 거 아닌가요?"

"그것도 좋은 방법이지요. 하지만 더 좋은 방법은 엿을 먹이는 겁니다."

"엿?"

"한국의 전통 과자 중 하나입니다. 하지만 한국에서 엿을 먹인다는 표현에는 두 가지 의미가 있지요. 끈적끈적한 당류이기 때문에 시험에서 합격을 바라는 마음으로 주기도 하지만, 반대로 끈적끈적해서 입에 붙어서 곤란하기도 한 부분이 있기 때문에 상대방을 곤란하게 하고 싶을 때 엿 먹으라고 합니다."

"신기하군요. 한 음식이 부정과 긍정을 다 가지고 있는 경우라니."

"하하하, 한국어는 신기하죠. 가령 전 세계 어디에서도 없는 긍정과 긍정이 합쳐져서 부정이 되는 문법을 가진 나라이기도 합니다."

"네? 그게 가능하다고요?"

로버트는 깜짝 놀랐다.

가장 큰손이 한국인인 노형진이기 때문에 그도 한국어를 배우고 있다.

하지만 단 한 번도 그런 말은 들어 본 적이 없다.

아니, 전 세계 어느 단어도 긍정과 긍정이 합쳐져서 부정이 되지는 못한다.

"'잘도 그렇겠다.'라고 하면 됩니다."

"엥?"

"이 말을 할 때 입꼬리를 살짝 올려 주면 더욱 효과가 좋지요."

"자…… 잘도 그렇겠다?"

묘한 표정을 지으면서 고민하는 로버트를 본 노형진은 피식 웃었다.

"뭐, 이건 말장난이고, 확실한 건 전 저들에게 완벽하게 엿을 먹일 생각이라는 겁니다."

"하지만 망할 기업인데요?"

"퍼시픽 홀룸은 망하죠. 하지만 그들은 투자사입니다. 투자사가 투자한 기업이 막대한 이득을 얻으면 투자사는 다시 살아납니다."

"압니다만."

이미 상당수 투자자들이 돈을 찾아서 떠났다.

그리고 남은 돈은 거의 없다.

남은 것은 마이너스가 된 그곳의 계좌뿐.

"제가 그곳에 노리는 곳이 하나 있습니다."

"하면……?"

"내부 정보가 하나 있지요."

"내부 정보요?"

"네, 아직은 조사를 좀 해 봐야 합니다만…… 충분히 가치가 있다고 보입니다."

"가치라……."

로버트는 심각하게 고민하기 시작했다.

"뭐, 어차피 퍼시픽 홀룸은 카이보이사와는 다르게 운영될 테니까요."

"그렇기는 하지요."

로버트가 나서서 협상하기는 했지만 외부의 소문과 다르게 사실 퍼시픽 홀룸은 카우보이사와는 별개의 업체다.

미다스가 꼈다는 소리를 막기 위해 그들을 내세운 것이다.

"하긴…… 저희 쪽도 좀 한계가 오기는 했지요."

"그래서 믿을 만한 곳이 필요했거든요."

카우보이 자산관리는 규모가 큰 곳이 아니다.

애초에 로버트라는 걸출한 인물 하나 믿고 노형진이 찾아온 것이다.

그러나 점점 늘어나는 자산에 카이보이 자산관리는 허덕거리고 있었다.

그들은 수조 원대의 자산을 커버할 능력이 되지 않았던 것이다.

로버트가 전담으로 붙었다고 하지만 그를 지원해 주는 것은 기업이어야 하는데 그 능력이 부족했다.

"그래서 말인데……."

"네."

"로버트 씨가 그쪽으로 와 주셨으면 합니다."

"그게 무슨 말씀이신지?"

"말 그대로입니다. 전 그곳을 관리할 시간이 없으니까요."

"서, 설마……."

"그곳을 운영해 주십시오."

로버트의 얼굴이 딱딱하게 굳었다.

단순히 직원으로 자산을 관리하는 것과 경영인이 되어서 관리하는 것은 전혀 다른 문제다.

'슬슬 나올 때지.'

원래 역사에서 그는 이때쯤 자신을 뒷받침해 주지 못하는 카우보이사를 떠나서 새로운 곳으로 옮겨 간다.

'카우보이를 키우면 좋겠지만…….'

애석하게도 카우보이사의 사장은 그렇게 통이 큰 사람이 못 된다.

'하물며 현생에서야…….'

지난 생에서도 그는 투자계의 괴물이라 불렸다.

그런 데다가 이번에는 노형진의 막대한 재산을 운영하면서 엄청난 경험을 많이 했다.

과거의 경험 미숙이라는 것이 의미가 없는 상황.

그래서였다. 충분한 지원이 계속된다면 그는 몇십 배는 빠른 속도로 노형진의 재산을 늘려 줄 것이다.

"하, 하지만……."

"설마 의리 때문인가요?"

노형진은 고개를 갸웃했다.

물론 의리가 아주 없는 건은 아니겠지만 미국은 한국에 비해 그런 것에 대한 제약이 덜하다.

그런데 의리 때문에 그만두지 못할 리가?

'애초에 의리 때문이라면 그가 전생에서도 카우보이사를 나오지 않았을 텐데?'

노형진이 갸웃하자 결국 많은 생각을 하던 그는 한숨을 내쉬었다.

"솔직히 좋은 기회이기는 합니다. 제가 퍼시픽 홀룸 정도의 회사를 운영해 볼 수 있는 기회가 많지는 않겠지요. 하지만 아무리 저라도 지금의 퍼시픽 홀룸은 정상화시킬 자신이 없습니다."

그는 자신의 능력의 한계를 안다. 그리고 현 퍼시픽 홀룸의 상황도 안다.

그곳의 상황은 자신의 한계를 넘어선 판이었다.

"아, 그 부분을 걱정하셨군요. 걱정하지 마세요. 조만간 제가 큰 거 터트리게 해 드리겠습니다."

"큰 거?"

"네, 하하하."

노형진은 웃으면서 말했다.

"제가 아주아주 큰 걸 터트릴 겁니다. 그리고 그 정도면 충분히 퍼시픽 홀룸을 일으켜 세울 수 있을 겁니다."

"도대체 뭐기에?"

"비밀! 입니다."

노형진은 씨익 웃었다.

—에이즈 치료제의 새 장이 열렸습니다. 오렐리아사에서 자사가 소유한 무좀 약에서 에이즈 치료제 성분이 발견되었다고 발표했습니다. 지금까지 불치병으로 알려진 에이즈를 치료한 최초의 사례이며…….

에이즈 치료제. 전 세계가 깜짝 놀랄 일이었다.

그럴 수밖에 없는 게, 지금까지 에이즈는 치료 불가였던 것이다.

그런데 당황스럽게도 그 치료제는 이미 존재하며, 심지어 고가의 약도 아니고 무좀 약이란다.

—해당 성분은 에이즈 바이러스의 자살 유전자를 발현시켜서…….

모든 세포에는 자살 유전자가 있다.

그 용도가 다하면 자동으로 폐기되게 하기 위해서다.

하지만 에이즈 바이러스에는 자살이라는 게 없었다.

오로지 증식만 할 뿐이었다.

그런데 어떤 에이즈 환자가 자신의 무좀을 치료하기 위해 몇 년간 꾸준히 무좀 약을 발랐는데 에이즈가 나았다.

황당한 일이지만 현실이었다.

'원래는 몇 년 더 있다가 벌어질 일이지만.'

하지만 그 사건을 노형진은 알고 있었다.

그가 누군지, 그리고 어떤 과정을 겪었는지 말이다.

그래서 그는 그 무좀 약의 특허를 가진 회사에 접근해서 특허를 사 버렸다.

특별할 것도 없는 흔해 빠진 무좀 치료제였기 때문에 별로 비싸지 않은 가격으로 살 수 있었고, 그 권한 일체가 노형진에게 부여되었다.

그 후에 노형진은 자신이 치료된 것을 모르고 있는 그 사람을 데려가서 검사했고, 발표했다.

-오렐리아는 이 성분을 이용하여 일단 에이즈 치료제를 만들 계획으로…….

노형진은 뉴스를 보면서 미소 지었다.

사실 원래 역사에서 이 치료제는 아주 오랫동안 상용화되지 못한다.

그럴 수밖에 없는 게, 미국은 이러한 약의 실험에 대해서는 무척이나 까다롭기 때문이다.

노형진은 그 점을 노려서 한국에 회사를 차렸다.

한국은 신약에 대한 개발 및 발표가 미국보다 훨씬 빠르기 때문이다.

미국보다 뇌물이 영향을 주기도 더 쉽고 말이다.

전 세계 유일한 에이즈 치료제.

그 가치는 어마어마했다.

'누군가 엿을 제대로 먹고 있겠지, 후후후. 내 배에 칼을 꽂으려면 그 정도 각오는 했어야지.'

노형진은 텔레비전을 보면서, 보이지 않는 누군가를 향해 건배했다.

"이…… 이럴 수가."

김일성은 정신이 아득했다.

일이 꼬이려니 더럽게 꼬일 수밖에 없었다.

뉴스에서 나오는 에이즈 치료제.

그건 놀라운 소식이기는 하지만 자신과 상관은 없는 일이었다.

그러나 그다음 소식이 문제였다.

—오렐리아는 현재 뉴토이 투자사의 투자로 만들어진 기업으로 알려지고 있습니다. 뉴토이 투자사는 얼마 전 매각된 퍼시픽 홀룸의 새 이름으로, 이번 투자 성공으로 인해 막대한 이득과 더불어 기사 회생의 기회를…….

뉴토이.

자신들이 헐값에 넘겨 버린 퍼시픽 홀룸의 새 이름.

자신들이 손댔다가 버린 그곳.

그곳에서 투자한 회사가 에이즈 치료제를 만들어 냈다.

그 가치는 얼마나 될까?

100억? 200억?

최소한 10조는 될 것이다.

에이즈는 버틴다고 낫는 병이 아니다.

제대로 된 치료를 받지 못하면 치사율 100%. 그나마도 완치는 불가능.

이렇듯 목숨이 달린 일인데 과연 사람들이 안 쓸까?

자국 내 허가가 나지 않더라도 그걸 밀수하기 위해 발악할 테고, 그래도 안 된다고 하면 본인이 한국으로 올 것이다.

만약 자신들이 쥐고 있었다면…… 성화는 기적적으로 살아났을 것이다.

쥐고 있었다면 말이지.

"아버지!"

'쿵!' 하는 소리에 고개를 돌린 김두필은 깜짝 놀랐다.
거기에는 거품을 물고 바들바들 떠는 김일성이 보였다.
그동안의 마음고생이 결국 사고를 친 것이다.
"아버지! 당장 구급차 불러! 당장!"
기겁을 하는 그들의 외침이 회사에 울려 퍼졌다.

유민택은 눈물이 났다. 진심으로 말이다.
"좋으면 눈물이 난다고 하더니…… 진짜인가 보군."
"하하하."
그들은 도시의 한 건물 앞에 서 있었다.
거대한 건물.
서울 한복판에 있는 빌딩이라 무려 4,800억짜리다.
"이래서 은행에 다시 돈을 빌리라고 한 건가?"
"반쯤은 말입니다. 성화의 입장에서는 뭐든 해야 하는데 그 '뭐든'이라는 것이 한계가 있으니까요. 결국 뭐든 팔아야 하지 않겠습니까?"
"허허허."
"그런데 이게 나올 줄은 몰랐습니다. 뭐, 남는 장사는 아니지요."
"남는 장사는 아니네. 하지만……."

유민택은 다시 눈시울이 붉어졌다. 그럴 수밖에 없었다.

"내 가슴이 이렇게 뛰는 건 오랜만이군."

이 건물은 그에게 의미가 남달랐다.

그의 추억이 서려서?

아니다.

대한민국에서 커다란 상징성을 가져서?

아니다.

서울에 있는 많은 빌딩 중 하나다.

그럼에도 그가 눈물짓는 이유는 간단하다.

성화. 그 이름이 붙어 있기 때문이다.

"성화 빌딩."

성화 빌딩. 성화의 본사, 즉 성화그룹의 심장이었다.

그 심장이 매물로 나왔고, 그걸 살 수 있었던 것은 미리 돈을 준비해 놨던 대룡뿐이었다.

성화의 입장에서는 다른 곳도 아닌 대룡에 팔고 싶지 않았다.

하지만 방법이 없었다.

무려 4,800억짜리 빌딩에 쉽게 작자가 나설 리도 만무하거니와, 당장 돈이 없었다.

돈이 없어서 월급도 못 준다.

월급이야 사정을 말해서 안 줄 수는 있다. 자신들이 갑이니까.

하지만 자신들과 일하는 다른 곳들은 아니다.

자신들이 돈을 안 주면 물건이 납품되지 않고, 납품되지 않으면 팔 수가 없다는 뜻인데, 그건 말 그대로 성화의 파멸을 뜻했다.

즉, 대금을 주기 위해서는 어쩔 수 없이 돈을 구해야 한다는 것이다.

그리고 그 돈을 쥐고 있는 것이 바로 대룡이었다.

"그들의 심장에 이렇게 들어가는구먼."

드디어 그들의 본사가, 그들의 심장이 대룡에 넘어왔다.

물론 성화에게는 다른 빌딩도 많다.

업무용 빌딩 중 조 단위가 훌쩍 넘는 것도 있다.

하지만 이곳은 성화라는 그룹의 주소지가 있던 곳.

성화라는 그룹이 일어선 자리, 즉 성화의 역사가 서려 있는 자리였던 것이다.

당연히 역사적 건물이니만큼 성화 입장에서는 팔고 싶지 않았을 테지만 도리어 다른 매물은 너무 커서 빨리 팔릴 수가 없었다.

더군다나 다른 건물들은 업무용 건물인 만큼 그걸 팔아 버리면 업무 자체가 멈춰 버리게 된다.

결국 팔 수 있는 적당한 가치의 재산은 이것뿐이었던 것.

유민택은 감동스러운 표정으로 건물을 올려다보았다.

자신들의 승리를 증명할 확실한 증거.

터벅터벅. 안으로 들어가는 유민택.

안으로 들어가자 커다란 홀에 붙어 있는 성화라는 이름이 보였다.

이곳에 오는 모든 사람들을 내려다봤을 붉은색의 커다란 간판.

"크흠."

그걸 뚫어져라 올려다보던 유민택은 조용히 손을 내밀었다.

옆에 있던 비서가 그의 손에 커다란 망치, 그러니까 공사용 오함마를 건넸다.

그와 동시에 천장에 매달려 있던 간판이 와장창 소리를 내면서 바닥에 떨어졌다.

유민택은 그 간판으로 다가가서 물끄러미 바라보더니 망치를 휘둘렀다.

콰직!

플라스틱으로 된 간판은 힘없이 부서지기 시작했고, 그게 조각조각 부서져 가루가 될 때까지 유민택은 망치를 휘둘렀다.

그리고 마침내 가루가 되었을 때 그는 땀을 닦으면서 몸을 돌렸다.

"성화의 흔적, 모조리 지워 버려. 간판 하나, 종이 하나, 푯말 하나까지 싸그리."

"우와!"

그와 동시에 망치를 든 직원들이 물밀듯이 건물 안으로 몰려 들어갔고 사방에서 부서지는 소리가 들려왔다.

그들의 이름이 닿아 있는 것이라면 모조리 부수라는 명령. 그걸 위해 여기까지 온 사람들이다.

"속 좀 시원하십니까?"

노형진은 땀을 닦는 유민택에게 다가와서 물을 건넸고, 그는 그걸 받아서 벌컥벌컥 마셨다.

"조금은. 하지만 내 갈증은 여전하네."

히죽 웃는 노형진.

하긴 심장에 칼을 꽂았다고 하지만 성화는 여전히 살아서 꿈틀거린다.

그의 갈증은 그 꿈틀거림마저 멈추지 않으면 절대 가시지 않으리라.

하지만 잠깐은 잠재울 수 있는 방법이 있었다.

"자, 그러면 가실가요?"

"어딜?"

"직급이 있으신데 여기서 다른 직원들과 때려 부수면서 다닐 수는 없지 않습니까?"

"그래서? 이 좋은 구경을 놔두고 집에 가자고?"

"그럴 리가요. 우리는 바로 메인 디시로 넘어가죠."

"메인 디시?"

노형진은 커다란 망치를 어깨에 메고 천장을 가리켰다.

물론 천장을 부수자는 것은 아니었다.

그것보다 더 높은 곳. 가장 꼭대기.

"회장실."
"참으로 마음에 드는 메인 디시로군."
망치를 쥔 유민택의 손에 힘이 들어가기 시작했다.

자식은 때로는 가슴의 못

똑똑.

문을 두들기는 소리에 노형진은 고개를 들었다. 송정한이 자신을 바라보고 있었다.

"바쁜가?"

"아니요. 바쁘지는 않습니다. 어쩐 일이십니까?"

"자네한테 도움을 청해 볼까 하고 말이지."

"도움요?"

노형진은 송정한의 말을 듣고는 상황이 이해가 갔다.

아마도 자신의 도움이 필요하기는 한데, 정식으로 수임받은 사건인 건 아닌 모양이었다.

"흔적으로 찾아야 하는 모양이군요."

"어떻게 알았나?"

노형진이 말하자 깜짝 놀라는 송정한.

노형진은 그저 씩 웃었다.

그리고 노형진의 능력을 살짝이나마 알고 있는 송정한은 헛기침을 하면서 사무실로 들어와서 문을 닫았다.

"자네 말이 맞네. 정식으로 수임한 사건은 아니지만 자네가 좀 해결해 줬으면 해 주는 사건이 있어서 말이지."

"살인입니까?"

지난번에도 이런 경우가 있었다.

그때는 피해자가 이미 살해당한 상황이라 그 범인을 잡기 위해 노형진이 나섰던 것이다. 그래서 이번에도 그럴 거라 생각했다.

그런데 이번 사건은 살인이 아니었다.

"살인은 아니네."

"살인은 아니라고요?"

"이번에는 실종일세."

"실종요?"

확실히 자신들에게 맡길 만한 일은 아니다.

여기는 변호사 사무실이지, 흥신소가 아니다.

당연히 실종된 사람을 찾아 준다거나 하는 게 업무에 포함되지 않으니 자신들에게 실종에 대해 의뢰가 들어올 리 없다.

"누군데요?"

"아이들이라네."

"아이들요?"

"그래, 자네, 한국에서 매년 실종되는 아이들이 얼만지 아나?"

"대략 이백 명쯤 되죠."

"상당히 정확하게 알고 있구먼."

노형진은 어깨를 으쓱했다.

그런 거야 어렵지 않게 찾을 수 있는 자료니까.

"그런데 그 아이들을 다 찾아 달라는 건가요? 저라도 그건 불가능합니다."

한 해에 이백 명이면 자신이 모든 걸 다 포기하고 매달려도 해결하지 못할 정도의 숫자다.

그걸 다 찾을 수는 없다.

"알고 있네. 그 정도까지 바라는 건 아니야. 하지만 의심스러운 상황이 좀 있어서 말이지."

"의심스럽다면?"

"자네, 아이들이 실종되면 어디로 갈 것 같나?"

"글쎄요. 일단은 경찰서로 가는 게 정상 아닌가요?"

송정한은 고개를 흔들었다.

차라리 그랬다면 자신이 이런 부탁을 하지는 않았을 것이다.

"대부분 팔려 가네."

"팔려 간다고요?"

노형진은 입을 쩍 벌렸다.

자신이 대한민국의 모든 정보를 다 아는 건 아니지만 한국이 아이들을 팔아야 할 정도로 가난한 나라는 아니라는 것쯤은 알고 있기 때문이다.

"무슨 말씀이십니까, 팔려 간다니? 설마……?"

"아아, 자네가 생각하는 그런 거 아닐세. 뭐, 장기 밀매 같은 쪽이면 차라리 경찰에 신고라도 하지."

"네? 그게 무슨 말씀이신지?"

"자네, 입양에 대해 아나?"

"잘 알지는 못합니다."

물론 의뢰인 중에는 입양된 사람도 있었다.

회귀 전에는 한국에 있는 부모를 찾고자 하는 미국 입양자도 있었다.

"하지만 방송에서 본 것 정도는 알죠."

"그러면 좀 더 이해가 쉽겠군. 우리나라는 아이 부모를 찾아 주기보다는 수출을 하지."

"수출이라니."

노형진은 숨이 턱 막혔다.

그리고 대한민국의 오명 하나가 기억났다.

'아이 수출국…….'

좋게 말해서 해외 입양이지, 사실상 아이들을 해외로 팔고 있다는 소리다.

'그러고 보니…….'

회귀 전 사건도 그랬다.

자신에게 부모를 찾아 달라고 한 의뢰인의 부모를 찾았을 때, 그녀가 가장 먼저 물어본 건 왜 자신을 버렸느냐는 것이었다.

아무리 진짜 부모가 보고 싶고 자기 뿌리가 궁금해서 찾았다고 하지만, 그래도 진실을 알고 싶었던 것이다.

'그런데 버린 게 아니었지.'

집에 두고 잠시 나갔다 왔더니 아이들이 사라졌다. 그게 다였다.

그 후에 몇 년간 부모들은 그녀를 찾기 위해 백방으로 수소문했지만 결국 찾지 못했다. 그게 그 부모의 말이었다.

"자세하게 이야기해 주시겠습니까?"

"쉽게 말해서 돈이 문제지."

"돈요?"

"그래."

그나마 가족을 기억하는 아이들은 부모를 찾는 게 어렵지 않다. 그런데 그런 걸 기억하지 못할 정도로 어린 나이라면 문제가 된다.

"한국에서 아이들은 수출품이지. 아이 한 명을 외국으로 보내면 우리나라에서 받는, 정확하게는 입양 기관에서 받는 돈이 얼만지 아나?"

"글쎄요."

그런 걸 알 리 없기 때문에 노형진은 어깨를 으쓱할 수밖에 없었다.

그러나 대답을 들었을 때 터무니없다는 생각을 할 수밖에 없었다.

"2천일세."

"얼마요? 2천 원요?"

"2천만 원."

"네? 2천만 원이라고요?"

"그래, 대한민국의 부끄러운 민낯이지."

"끄응."

한두 푼도 아니고 2천만 원이라는 소리는 처음 들었기 때문에 노형진으로서는 기가 찰 노릇이었다.

"터무니없는 말이기는 한데, 고작 그것 때문에 송 변호사님이 저한테 부탁하실 건 아닐 것 같고."

"사실은 요즘 이상한 일이 있어서 말이지."

"이상한 일?"

"그래. 내가 사회적으로 아무래도 여러 가지 행사에 참가하다 보니 여러 가지를 알게 되지 않나?"

"그건 그렇지요."

새론 정도의 대표가 되면 변호사의 업무보다는 외적인 행사를 더 많이 다니게 된다.

특히나 친서민적 행보를 하는 새론의 입장에서는 그런 곳을 더욱 찾아가면서 자신들의 이름을 알려야 한다.

그런데 그렇게 행사를 하던 중 송정한은 의심스러운 정황을 찾았다. 아니, 들었다고 표현해야 할 것이다.

"아이들을 찾는 부모 모임에 갔는데 숫자가 이상하더군."

"숫자가 이상하다니요?"

"실종 아이들의 숫자 말일세. 한 해에 수많은 아이들이 실종되지만 대부분은 부모를 찾지. 일단 정보가 조금이라도 있다면 주변을 수색하니까."

"그런데요?"

"그런데 숫자가 이상하더군. 미발견 아이들의 숫자 말일세."

"그게 무슨 말씀이신지?"

"재작년에 미발견된 아이들의 숫자는 서른아홉 건일세. 그리고 작년은 백마흔세 건이지. 그런데 올해에는 벌써 쉰 건이야. 올해가 시작한 지 얼마 되지도 않았는데 말이야."

그 말을 들은 노형진은 소름이 쫙 돋았다.

상식적으로 특정 범죄의 피해자가 그렇게 갑자기 급증하는 경우는 드물다.

더군다나 대한민국은 전산 기록이 잘되어 있어서 부모를 찾고자 하면 찾는 것은 어려운 게 아니다.

"갑자기 피해자가 세 배씩 늘어난다는 게 이해가 가나?"

"그건…… 불가능하죠."

특히 특정 피해자가 그렇게 늘어난다면 더욱 문제다.

그건 즉, 가해자가 있다는 소리이기 때문이다.

"이 상태로라면 올해는 사백 명 이상 실종될 거라 보고 있네."

한 해에 사백 명의 피해자. 절대로 적은 게 아니다.

만일 한 해에 사백 명의 피해자가 발생하는 연쇄살인범이 있다고 치면 아마 대한민국은 난리가 날 것이다.

"나도 자녀가 있네. 그래서 더 이상해."

"확실히…… 이해합니다."

"자네가 어떻게 아나?"

'그거야 나도 애가 있어 봤으니까 그렇지.'

노형진은 씁쓸하게 웃었다. 하지만 그걸 말할 수는 없는 노릇.

"내가 좀 감수성이 예민해서요."

"하긴. 하여간 논리적으로 말이 안 되는 상황이야."

"그렇지요."

사실 실종이라고 하지만 실종되는 아이들의 나이대는 한정될 수밖에 없다.

그럴 수밖에 없는 게, 아이들은 일곱 살만 되어도 부모와 연락처 정도는 알고 있기 때문이다.

그렇기 때문에 아이들을 경찰이 넘겨받으면 그 아이들에게 질문해서 부모를 찾는다.

'그렇다고 너무 어린 애들은 부모가 데리고 나오지 않지.'

두 살 이하의 어린아이들은 부모들이 잘 데리고 나오지 않는다.

설사 데리고 나온다고 해도 스스로 이동할 수 있는 능력이 있는 게 아니니 어디론가 마음대로 가 버릴 수도 없다.

결과적으로 실종된 아이들의 나이는 한정적일 수밖에 없다.

"아이들 나이가 대략 한 네 살에서 여섯 살 사이 아닙니까?"

"자네, 이 사건 아나?"

"그냥 예상이 가서요."

"하아, 맞네."

딱 그 나이가 막 돌아다닐 나이이고, 또 부모들도 가끔 아이들을 데리고 나올 나이다.

그리고 그 정도 큰 아이들은 부모라는 존재에 대해 인식은 할지언정 부모의 이름이나 나이, 전화번호 같은 걸 기억하기에는 상대적으로 어리다.

"납치를 감안하시는 겁니까?"

노형진의 질문에 진지한 얼굴로 고개를 끄덕거렸다.

"보통 납치하는 놈들은 돈을 노린다고 하지만……."

"2천이면 그럴 필요가 없지요."

만일 납치해서 돈을 요구한다면 얼마까지 받을 수 있을까?

3천? 4천? 잘해 봐야 5천일 것이다.

하지만 그건 위험한 행동이다. 돈을 요구하는 순간 경찰이 달라붙을 테니까.

'하지만 수출이라면…….'

누구도 이상하게 생각하지 않고 한국에서는 당연하게 벌어지는 일이다. 그리고 정부에서 모른 척해 주는 것도 사실이다.

"내 기우일 수도 있지만."

"마냥 기우라고 할 수는 없네요."

요즘은 아이들을 잃어버릴 때를 대비해서 여러 가지 대책을 세워 둔다.

부모들도 바보는 아니다. 아이 이름이 적혀 있는 팔찌나 목걸이를 해 두기도 하고, 연락처를 옷에 꿰매 두기도 한다.

그리고 경찰에 아이들의 유전자를 등록했다가 비상시 신분 확인하는 방법도 존재한다.

"혹시 신분 확인을 위해 뭐 해 둔 거 없답니까?"

만일 그런 게 없다면 이해라도 간다. 아직 말을 제대로 못 할 나이니까.

"내가 의심하는 부분도 그거야. 이야기를 좀 해 봤는데, 이름표를 해 둔 사람이 적지 않아. 옷 내부에 연락처를 주기해 놓은 사람도 있고."

"그런데 못 찾았다?"

"네."

그렇다면 문제다.

그럴 수밖에 없는 게, 경찰에게 넘어갔다면 등록되어서 부모에게 연락이 갔어야 정상이기 때문이다.

그렇다면 뜻하는 것은 단 하나.

"경찰에 연락이 가지 않았다는 뜻이군요."

"맞네. 부모들은 그 부분까지는 생각하지 못하는 것 같기는 하지만 말이야."

부모들은 그저 자신의 실수를 탓하면서 하소연을 하고 전단을 뿌리며 아이를 찾고 있지만, 본질을 들여다보면 생각보다 심각한 문제다.

사람은 우는 아이를 보면 부모를 찾아 주기 위해 경찰을 부를 수밖에 없기 때문이다.

그러지 않았다는 것은 그 아이를 경찰에 줄 생각이 없다는 뜻이다.

그게 뜻하는 것은 단 하나.

"납치군요."

상황을 이해한 노형진은 얼굴이 창백해졌다.

누구도 모르는 사이에 벌어지고 있는 범죄. 누구도 범죄라고 예상하지 못한 상황.

"그래서 자네에게 도움을 요청하는 걸세."

"부모들에게는 이야기했습니까?"

"그러지는 않았네. 쓸데없는 기대를 할 수도 있으니까."

"음."

만일 납치가 맞는다면 어디로 보냈는지 찾을 수 있을지도 모른다.

하지만 부모에게 말하면 부모들은 노형진에게 매달려서 개개인의 자녀를 찾으려고 할 테고, 그러면 사실상 제대로 업무를 진행할 수는 없다.

"물론 말해서 돈을 받고 사건을 진행할 수도 있겠지. 하지만 이건 돈이 중요한 일이 아니라고 생각하네."

"잘하셨습니다."

노형진은 고개를 끄덕거렸다.

이건 돈이 중요한 사건이 아니다. 누구도 모르는 범죄의 가능성.

"경찰에는 신고해 봐야 의미가 없겠지요."

"단순 실종으로 접수되어 있으니까."

누군가 아이를 강제로 납치했다고 해도 그쪽에서 돈이나 다른 것을 요구하는 게 아니라면 아이들의 실종은 실종으로 끝난다.

그리고 경찰들은 실종에 대해서는 그다지 열심히 수사하지 않는다.

실제로 실종을 신고하러 가면 경찰들이 하는 말은 일단은 기다려 보라는 것뿐이다.

'미친 짓이지.'

미국에서의 범죄 연구에 따르면 이런 납치의 경우 사흘을 골든 타임으로 본다. 그사이에 구출하지 못하면 대부분의 아이들은 시체로 발견되거나 찾지 못하기 때문이다.

그런데 대한민국은 실종이 신고되면 사흘은 기다리라고 한다. 실질적으로 수사에 들어가는 건 닷새 이상 지난 시점에서다.

"솔직히 내 능력으로는 어쩔 수 없네. 하지만 자네라면……."

송정한은 믿는다는 시선으로 노형진을 바라보았다.

물론 이건 의뢰도 없고 돈도 되지 않는 일이다. 사실 이걸 노형진이 할 이유는 없다.

'그렇지만…….'

그냥 피할 수는 없는 노릇.

매년 배 단위로 늘어나는 실종.

그리고 찾지 못하는 아이들.

돈이 되는 아이들의 수출.

이 모든 것은 한 가지 가능성을 내포하고 있었다.

절대로 물러날 수 없는 문제점을 말이다.

"제가 받아들이기로 하지요."

선택 사항이 없었기 때문에, 노형진은 고개를 끄덕거릴 수밖에 없었다.

"헐?"

일단은 실종 기록을 살펴보는 데서 시작된 사건의 추적.

손채림은 그걸 보면서 기가 막혔다.

"이게 가능해? 아니, 부모의 동의도 없는 해외 입양이?"

"가능합니다. 애석하게도요."

이번 사건에서 노형진을 도와주기 위해 자발적으로 나선 손예은 변호사는 그렇게 말하면서도 사건 기록에서 눈을 떼지 않았다.

"아이에게 신분을 증명할 것도 없고 부모가 없으면, 공식적으로 후견인이 없는 상태가 됩니다. 그 경우 시설의 장이 법적인 후견인이 됩니다."

"시설의 장?"

"네. 그래서 문제가 되는 겁니다. 시설의 장이 공식적으로 후견인이 되면, 법적으로 그 아이의 신분을 등록할 자격을 가집니다. 그가 등록하면 그 아이는 그 신분으로 고착됩니다."

"고착된다니?"

"과거의 신분은 말소되는 것이나 마찬가지지요."

가령 아이의 이름이 박 모인데 그 시설의 장이 김 모로 이름을 등록하면 그 아이의 이름은 김 모가 되는 것이다.

"그리고 경찰은 전산으로 아이를 찾지. 당연히 김 모로 신분이 들어가 있는 아이는 거기에 나타나지 않아. 그래서 부모들이 찾지 못하는 거야."

신분이 등록될 때 거기에 이 아이가 실종되어 새로 신분이 등록된 아이라는 기록이 남지는 않는다.

사실 그것만 제대로 해도 부모들은 아이를 찾을 수 있다.

한 해에 등록되는 아이들의 숫자는 그렇게 많지 않고, 아이를 찾는 부모라면 하루 정도면 다 볼 수 있을 정도니까.

"하지만 실종 아동 출신이라는 기록은 없이 그냥 김 모가 되는 거야. 당연히 전산 검색에서도 나오지 않고 부모는 찾을 방법이 없지. 완벽하게 사라지는 셈이야."

"그 기록을 남기는 게 그렇게 힘들어?"

"힘들지는 않지. 하지만 우리나라가 언제 제대로 일하는 거 봤냐?"

그냥 검색 조건에 등록하면 되지만 관련 법이 없다는 것을 핑계로 등록하지 않는다.

그리고 그 결과, 전혀 다른 새로운 신분으로 아이는 다시 태어난다.

"아이들을 이런 식으로 대하다니…… 도무지 이해를 못 하겠어."

손채림은 잔뜩 쌓여 있는 실종자 기록을 보면서 고개를 흔들었다.

"애석하게도 현실은 시궁창이니까."

"그게 무슨 말이야?"

"나도 이번 사건을 준비하면서 안 건데, 수출되는 아이들을 가장 쉽게 보충하는 방법이 뭔지 알아?"

"뭐? 무슨 개 같은 질문이야? 애들이 무슨 공장 물건이야? 보충이라니? 그런 방법이 있다는 게 말이나 돼?"

손채림은 그런 방법이 있다는 것 자체가 혐오스럽다는 듯 부르르 떨었다.

그러나 손예은은 마치 알겠다는 듯 담담하게 입을 열었다.

"미혼모죠."

"미혼모?"

"네. 미혼모들은 대부분 아이를 키울 수 있는 여력이 없으니까요."

손채림은 입을 쩍 벌렸다.

자신은 그저 미혼모들이 불쌍해서 미혼모 시설에서 그 아이들을 보살펴 주는 거라고 생각했다.

그런데 보충이라니?

"그런 미친놈이 있단 말이야!"

"현실적으로는 가능해."

미혼모는 아이를 낳으면 고민하게 된다.

인생을 포기하고 아이를 키울 것이냐, 아니면 아이를 입양 보내고 자신의 인생을 살 것이냐.

그리고 상당수 미혼모들은 입양 보내는 것을 선택하게 된다.

자신의 인생도 인생이지만, 대한민국에서 미혼모라는 존재를 어떻게 보는지 너무나 잘 알기 때문이다.

미혼모는 정부에서 지원을 받는다고 하지만 그 금액은 터무니없이 적다.

그렇다고 직장을 구하면 그 지원은 끊어진다.

문제는 미혼모가 직장을 가지는 데에는 한계가 있다는 것.

"결국 그 사람들은 아이들이 정상적인 집안에 입양되어서 행복하기를 바라면서 포기하지."

"그게 문제야?"

"그게 문제는 아니야. 문제는 그 후에 발생하는 입양 문제지."

국내에서 입양시키면 일종의 수고비 조로 지급되는 돈은 210만 원. 그에 반해 외국에 보내면 2천만 원.

"아이를 위해서는 한국에 입양시키는 게 정상이지."

그래야 아이가 성장했을 때 부모를 찾을 수 있고, 인종적 차이로 인해 괴롭힘을 덜 당하니까.

"하지만 현실은 그렇지 않아."

몇몇 특정 단체는 돈을 노리고 그런 짓을 한다.

그래서 미혼모가 오면 미래를 논한다고 하면서 슬쩍 압박을 넣어서 아이를 포기하게 만든다. 그리고 외국으로 보내 버린다.

"그런 미친놈들이 있단 말이야?"

"일부이기는 하지만 존재해요. 대부분의 미혼모 시설은 아이와 엄마를 살리고 도와주는 데 집중하지만 돈이 된다면 가면 쓰는 놈들이 넘쳐 나죠."

손예은은 차갑게 말했다.

자신도 이런 말을 들었을 때 믿지 않았다. 그런 곳은 불쌍

한 사람들을 위해 존재하는 곳인 줄 알았다.

그러나 그마저도 돈 욕심에 눈이 먼 작자들이 그렇게 타락시킨 것이다.

"미혼모 시설에서 대하는 방식을 보면 그들의 목적을 알 수가 있지."

일단 낙태를 막아서 생명을 살리고자 하는 사람들이 있다. 반면 그들이 불쌍해서 지원해 주는 사람도 있다.

하지만 손예은의 말대로 돈 때문에 아이를 보충할 목적으로 만든 곳도 있다.

그런 곳은 아이가 태어나기도 전에 아이를 입양시키라고 설득 작업을 한다.

"그러면 이번은 그게 목적이라고 생각하는 거야?"

"그럴 가능성이 높아."

아이를 가지지 못한 사람이 키우기 위해 납치하는 것치고는 실종 아동의 수가 너무 많다.

그렇다고 장기 밀매를 생각하기에는 아이들이 너무 어리다.

돈을 요구한 기록이 없다.

애초에 그렇게 해서 찾았다면 부모가 찾아다닐 리 없고, 못 찾았다면 사건으로 등록되어서 수사 중일 것이다.

이건 말 그대로 아이들이 사라진 상황.

"아이들의 나이도 그렇고 상황도 그렇고, 무척이나 의심스러워."

한 해에 백 명만 납치해서 외국으로 보내도 20억이다. 적지 않은 돈이 되는 것이다.

"더군다나 공식적으로 그들은 참 바른 일을 하는 사람으로 보이거든."

"미친."

"어딜 가나 마찬가지야. 인간은 타락하는 방법을 가장 빠르게 찾지."

과거에는 학교 이사장을 한다는 것을 후진을 양성하고 더 많은 사람들에게 배움의 기회를 주는 일을 한다는 것이라 생각했다.

하지만 현대에 와서는 학교는 타락의 전당이 되어 버렸다.

일진이라는 왕따 문제는 해결하지 않으면서 어떻게 해서든 돈을 벌려고만 하는 사람들이 득시글거리는 곳.

교육보다는 수익에 더 매달리는 곳이 되어 버린 학교의 현실.

"잿밥에 욕심내는 놈은 사방에 넘치니까."

"음."

물론 억측일 수도 있다.

하지만 현실적으로 이렇게 많은 아이들이 사라진다는 것은 불가능하다.

"더군다나 공통점이 있어요."

"공통점이라 하면?"

"주로 여자아이, 그리고 외모가 예쁜 아이들. 부모의 재산적 배경은 상관이 없고 말이지."

부모는 서민에서부터 살 만큼 사는 사람까지, 다양했다. 서로 알지도 못했고, 만난 적도 없는 사람들.

그들은 자녀가 실종되었다는 공통적 아픔을 가지고 있었다.

"여자아이에 예쁘장한 얼굴이라……."

"입양 시 고려되는 것들이지."

"음."

"만일 재산을 노린 납치라면 이런 식으로 편중된 방식으로 납치할 리 없지요."

"그렇기는 하지."

사실 역사적으로 이런 범인이 잡힌 적은 없다. 노형진의 기억에도 말이다.

'하지만 걸리지 않은 범죄가 얼마나 많은지 생각해 보면…….'

당장 과거의 살인 요양 병원이나 성 노예 같은 것들. 그것 역시 노형진의 기억에 없는 것들이다.

즉, 회귀 전에는 그것들이 진행되었으며 걸리지 않고 끝까지 갔다는 뜻이다.

'무서운 일이지.'

노형진은 왠지 부르르 떨 수밖에 없었다.

마찬가지로 이런 식으로 쉽게 돈을 합법적으로 벌 수 있는데 그걸 이용하지 않는 놈이 없으리라는 보장은 할 수가 없다.

고아로 등재시키면 정부에서는 버린 건지 잃어버린 건지 알 수도 없거니와, 그에 대해 신경도 쓰지 않기 때문이다.

'한 명당 2천이라…….'

누구도 신경 쓰지 않는 아이들의 실종.

부모의 가슴에만 못이 박히는 고통일 뿐이다.

"사건이 실제로 있는 일이라고 치고, 이 많은 아이들을 어디서 찾을 거야?"

"글쎄."

문제는 그것이다.

실종 비율로 볼 때 그 피해자는 전국에 있다. 반대로 말하면, 어디에 범인이 있는지 알 수가 없다는 것이다.

"이렇게 허술하게 도망 다닐 수 있나?"

"웃기지만 현실은 그래. 사람들은 납치당하면 울고불고 난리를 칠 거라 생각하지만……."

당장 아이를 납치해서 약으로 재운다면?

그러면 누구도 의심하지 않을 것이다.

더군다나 카 시트 같은 거 하나 두고 거기에 아이를 재워 둔다면 누가 그들이 납치범이라 의심하겠는가?

"일단은 고아원을 찾아보는 게 어떨까 합니다."

"고아원?"

"네, 그런 곳은 아이들을 받아 주니까요."

"글쎄요. 맞는 말이기는 한데 범위가 너무 넓군요."

고아원, 아니 현대에 와서는 보육원이라고 부르는 곳.

부모가 없거나, 부모가 있지만 사정상 키울 수 없는 아이들을 대신 키워 주는 곳이다.

"너무 많은가요?"

"네. 그 숫자가 못해도 몇천 개는 될 텐데요?"

"고아원이 그렇게 많다고? 버려지는 아이들이 그렇게 많은 거야?"

고개를 흔들었다. 이게 사람들의 고정관념이었다.

"과거에 비해서는 확실히 줄었지. 그렇지만 이건 재산상의 문제야."

"응?"

"한국은 부의 재분배가 이루어지지 않는 대표적인 나라 중 하나거든."

부자는 돈이 넘쳐서 돈을 태워 담뱃불을 붙이고, 가난한 사람들은 단칸방에 몸을 누이면서 허덕거리면서 살아간다.

"시대가 바뀌었다고 해도 여전히 진짜 고아들도 존재해. 하지만 대부분의 경우 경제적 문제로 오는 고아 아닌 고아들이지."

"경제적 문제?"

"그래. 고아원, 아니지, 보육원 아이들의 70%는 부모가 있어."

"뭐?"

깜짝 놀라는 손채림.

손예은도 그건 몰랐다는 표정이었다.

'나도 우연히 알게 된 거지만…….'

그 말을 듣고는 왠지 씁쓸했던 기억이 문득 떠오르는 노형진이었다.

"아니, 왜 아이를 고아원에 두는 건데?"

"아이를 모텔에서 키울 수는 없잖아."

"응?"

"아까 말했잖아, 빈익빈 부익부의 극단적 사례들 때문이라고."

부모가 젊은 나이면 정부에서는 어떠한 지원도 해 주지 않는다.

그런데 이게 문제다.

몸이 성하다는 것과 일해서 돈을 벌 수 있다는 것은 전혀 다른 문제다.

일을 해서 돈을 벌어 가족을 먹여 살리고 싶지 않은 부모가 어디 있겠는가?

"하지만 일자리는 없지. 돈이 모조리 부자에게 흘러가니까."

"아."

"그 결과, 부모들은 아이를 키울 여건이 안 돼. 그러니까 어떻게 해서든 자리 잡을 때까지만, 최소한 가족들이 모일 집을 구할 수 있을 때까지만 거기에 있으라고 하지."

하지만 대부분의 경우 그 기간은 상당히 오래 걸린다.

'회귀 전에 듣고는 기가 막혔지.'

"그러면 그 아이들은 부모가 그런다는 걸 알아?"

"알지. 그래서 어떻게 보면 이 사건이 벌어진 것일지도 몰라."

"응?"

"애매하거든."

시대가 바뀌면서 과거처럼 아이를 포기하는 부모는 확실히 많이 줄었다. 아이들을 거기에 둘지언정 아예 포기하는 사람이 적어진 것이다.

헤어져 있을지언정 아이들을 포기하지는 않는 것이다.

"그래서 고아원 아이들은 대부분 가족이 있어. 특히나 부모가 죽으면 더더욱 문제가 되지."

"응?"

"부모가 죽으면 보통은 친척이 키우면 된다고 생각들 많이 하는데, 실제로 키워 주는 친척? 그거 엄청나게 착한 사람들이다."

사고로 부모를 잃는 많은 아이들.

친척들은 그런 아이들을 그저 짐이라고만 여길 뿐이다.

그래서 나서서 키워 주기보다는 그냥 고아원으로 던져 버린다. 그게 현대의 진실이다.

"잔인하네."

"그래. 어찌 되었건 문제는 그런 아이들은 수출이 불가능하다는 거지."

대부분의 아이들이 그런 이유로 보육원에 오는 시점은 초등학교 때부터다.

그 전에는 모텔에서 살아도 어찌어찌 버틸 수 있지만 그 이후부터는 학교에 다녀야 해서 고정된 주소지가 있어야 하기 때문이다.

결국 그때는 어쩔 수 없이 고아원에 보내야 한다.

“그렇다 보니 대부분의 아이들은 자신이 왜 왔는지, 어떻게 왔는지 알아. 이해는 못 한다고 해도 부모가 누군지는 알지.”

“그런 아이들은 양육권을 포기하지 않겠군.”

결국 다른 아이들을 보급하기 위해 그들은 다른 선택을 할 수밖에 없었을 것이다.

“결론적으로 말해서 고아원을 통해 아이를 찾는다는 것은 불가능하다는 소리군요.”

“맞습니다.”

노형진은 손예은 변호사의 말에 고개를 끄덕거렸다.

“설사 찾는다고 해도 그 많은 곳을 모조리 돌아다니면서 일일이 아이들과 부모를 비교한다는 것은 불가능하고요. 애초에 부모들이 가장 먼저 하는 일이 고아원을 찾아다니는 겁니다.”

전국에 있는 수백 개의 고아원.

부모들은 아이들을 찾겠다는 일념 하나로 하루에도 두세 곳씩 고아원을 다닌다.

혹시라도 자신이 간 후에 들어왔을까 봐, 갔던 곳을 두세 번씩 계속 가기도 한다.

"그러면 아이들의 사진이라도 가지고 다녀 볼까요?"

"아이의 사진을 가지고 다니는 것도 의미가 없지요."

부모들이 가진 사진은 아주 어릴 적의 사진이다.

그에 반해 아이들은 무서울 정도로 빠르게 큰다. 특히나 실종된 아이들의 나이대에는 더더욱 말이다.

"그리고 설령 납치범들이 안다고 하더라도, 이실직고하겠습니까?"

"아."

그 말을 들은 손예은은 자신의 실수를 알아차렸다.

"이 사건은 실종이 아니라 납치입니다. 외부적으로 실종으로 되어 있지만 우리는 납치로 대응해야 하지요."

"납치라……."

납치. 그것도 대단위 납치다.

이걸 어떻게 해야 할까?

도무지 답이 안 보였다.

"다만 다른 점은, 납치해서 돈을 다른 사람에게 받아 낸다는 겁니다. 인신매매인 셈이지요."

"인신매매는 추적이 힘들다고 알고 있는데요."

"맞습니다."

"21세기에 인신매매라니……."

"인간이 있는 동안에는 계속될걸. 목적이야 어떻든 간에 말이야."

빈국에 가면 여전히 인신매매가 흔하게 벌어진다.

주요 목적은 노동력의 확보. 아이들을 납치해서 노예로 파는 것이다.

반대로 선진국은 성적 욕구를 충족하기 위한 여성 인신매매가 주요하다.

미국도 인신매매가 있고, 얼마 전에는 한국에서도 벌어졌었다.

그때는 노형진이 끼어들어서 일당을 모조리 잡을 수 있었지만 말이다.

"더군다나 아이들은 증거도 없지. 깔끔하게 고아로 가짜 신분증 하나 만들어서 외부로 보내 버리는 거야."

"음."

유전자 검사를 할 부모도 없고 신분증도 없는 아이들이니 그건 어려운 일이 아니다.

"그렇다면 어찌해야 하나."

고아원을 턴다는 것은 불가능하다.

애초에 조사한다고 한들 그들이 협조적일 것 같지는 않았다.

"위탁 가정은 어때요?"

"위탁 가정?"

손채림은 모르겠다는 듯 물었다.

하지만 그 말에도 노형진은 고개를 흔들었다.

"아마도 그쪽도 의미가 없을 겁니다."

위탁 가정은 아이들을 내보내기 전에 일반 가정에서 잠깐이나마 키워 주는 것을 말한다.

"모든 아이들이 거치는 과정도 아니거니와, 위탁 가정은 보육원보다 더 많습니다."

더군다나 위탁 가정은 말 그대로 가정이다.

범죄에 연루될 가능성이 낮아서 조사하는 것도 의미가 없다.

그들은 말 그대로 위탁해서 보호해 주는 사람들이라서 입양에 관여하지 않으니까.

또 그들을 찾기에는 개인 정보가 너무 부족하다.

"그러면 어디를 찾아야 하나요?"

"글쎄요. 그게 문제입니다."

무작정 국내를 뒤질 수도 없고 그렇다고 증거도 없이 경찰을 찾아갈 수도 없는 노릇이고.

어디를 찾아야 하나 노형진도 고민하는 그때, 손채림이 뭔가 생각난 듯 손뼉을 딱 쳤다.

"보내는 곳이 아니라 받는 곳은 어때?"

"받는 곳이라니?"

"입양 보낼 때, 우리나라에서 택배 보내듯이 부모한테 바로 보내는 게 아니잖아."

"응?"

"그 뭐냐, 미국 드라마 보면 아동 어쩌고 있던데?"

"아동보호 센터!"

미국은 아동보호 시설이 잘되어 있다.

물론 정서적으로 잘 보듬어 준다고 말할 수는 없지만, 최소한 한국처럼 학대받는 집에 가족이라는 핑계로 그냥 던져두지는 않는다.

당장 아동 학대로 고발이 들어가면 1차적으로 격리되고, 그 후에 심리 상담과 관찰을 거쳐서 최종적으로 법원의 판단에 따라 아동을 돌려보낸다.

"당연히 우리 쪽에서 보내는 아이들도 마찬가지지."

해외에서 아이들을 입양하고자 하는 사람들은 그들의 검사를 거쳐야 한다.

"하지만 그들은 보내오는 아이들의 검사는 하지 않지."

아니, 할 수가 없다. 말도 못 하는 아이들을 검사할 수는 없으니까.

그러나…….

"그 대신에 보내오는 자들을 검사할 거야."

물론 몇몇 유명한 단체들이 있기는 하다.

그렇다고 해서 그들이 검사에서도 자유로운 것은 아니다.

그들은 집단이 아니라 아이들을 위해 일하도록 되어 있으니까.

"당연히 모든 기록이 그곳에 있지."

그리고 그곳에 간다면 그 흔적을 찾을 수 있다.

남은 것은 단 하나.

“가자, 미국으로.”

대한민국의 가장 큰 아이 수입국이자 가장 감시 시스템이 잘되어 있는 곳, 미국.

그곳이라면 진실을 밝힐 수 있으리라.

다음 권으로 이어집니다

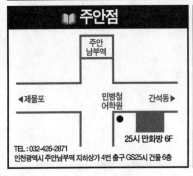

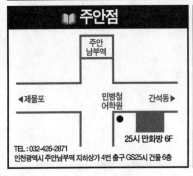

ROK
MEDIA
로크미디어
소울
SOUL SYNERGY
시너지
구현 현대 판타지 장편소설
이성과 경험의 정문현, 본능과 감의 이영호
두 영혼의 초월적인 시너지로 불합리한 세상에 맞서다!
무역회사 중역으로 살다가 암 투병 중 사망한 정문현,
목적 없이 살던 고아, 이영호의 몸속으로 들어갔다!
뭐? 둘의 영혼이 저승의 실수로 합쳐진 거라고?
한 개의 영혼, 두 개의 기억
저승사자의 사과 선물로 받은 수상한 인벤토리로
소박해도 좋으니 행복하게만 살자고 다짐하는데……
고아원 원장부터 경찰들까지,
나한테 왜 이렇게 갑질을 해 대는 거야?
'평범'을 지향하는 이영호의
세상의 갑질을 향한 기상천외 사이다 원 샷!